M…

…eutscher Text
na… …er Ausgabe von Ulrich Pretzel

Übersetzung, Kommentar und Nachwort
von Albrecht Classen

Philipp Reclam jun. Stuttgart

Universal-Bibliothek Nr. 8796

Gesamtherstellung: Reclam, Ditzingen. Printed in Germany 1992

ISBN 3-15-008796-1

Inhalt

Ir hât dicke vernomen
unde ist iu mit rede vür komen
von wârlîchem mære,
daz ritterschaft ie wære
wert unt müeze ie mêre wesen.
wir hœren an den buochen lesen,
wâ man ir von êrste began
unde war sî sider bequan.
ze Kriechen heizet man daz lant,
dâ man den list alrêrste vant,
der ze ritterschefte hœret;
dâ wart sî sît zerstœret.
ze Kriechen huop sich ritterschaft,
dô sie Troie mit kraft
besâzen durch ein vrouwen.
dâ mohte man wol schouwen
manegen Kriechen nâch sage,
die gelîche wurben alle tage
umbe ritterlîchen prîs.
Ector unt Pârîs,
Elênus unde Deiphobus
unde ir bruoder Trôilus,
die küenen nôtvesten,
die werten den gesten
vor der mûre dicke ir velt
unt gâben solichez widergelt
den hôchverten Kriechen,
daz sie tôten unde die siechen
wider vuorten zuo ir here.
der Kriechen sturm unt widerwere
ruowete nie vür wâr;
sie hâten arbeit manec jâr. –
ich sagete iu noch vürbaz

Moriz von Craûn

Ihr habt vielmals gehört,
und es ist euch mitgeteilt worden
in wahren Berichten,
daß Rittertum schon immer
angesehen gewesen sei und immer sein werde.
Wir vernehmen in Büchern,
wo es zuerst entstanden ist
und wohin es sich seitdem entwickelt hat.
Griechenland nennt man das Land,
wo man zum erstenmal die Lehre entwickelte,
die dem Rittertum zugrunde liegt.
Dort wurde es später falsch ausgeübt.
In Griechenland begann das Rittertum,
als man Troja mit großer Kraft
um einer Frau willen belagerte.
Dort konnte man, wie uns die Sage berichtet,
so manche Griechen sehen,
die jeden Tag um höchste
ritterliche Anerkennung rangen.
Hektor und Paris,
Helenus und Deïphobus
und ihr Bruder Troïlus,
diese tapferen Kämpfer
wehrten sich oft gegen die Feinde
im Kampf draußen vor den Mauern.
Ihre Verteidigung war so erfolgreich
gegenüber den übermütigen Griechen,
daß diese viele Tote und Verwundete
mit sich zum Heerlager zurückführen mußten.
Der Angriff der Griechen und die Verteidigung
nahmen tatsächlich niemals ein Ende
und dauerten viele Jahre.
Ich könnte euch noch viel mehr

von Troie – waz hulfe daz?
wir mügen ez lân belîben;
ezn kan niemen gar geschrîben.
Dares, der dâ mite was,
der die naht schreip unde las,
swaz des tages dâ geschach,
alse erz mit ougen ane sach,
dem gebristet an dem mære,
wie die Troiære
werten ir urbor,
al die wîl daz Ector
lebete unde ir aller pflac,
dô aber Ector gelac,
dô swachete ir êre
tegelîchen sêre:
sîn herze ir aller herze was.
Pandarus unde Ênêas
die vâhten ouch dâ vorne
offenlîche mit zorne,
dâ man heldes werc worhte.
manec strît âne vorhte
was vor Troie dicke,
daz man die swertes blicke
niht wol durchsehen mohte.
ein zage dâ wênic tohte,
dâ die wîgande
ûz vil manegem lande
muosen zallen zîten
an die burgære strîten,
wan sie wuoten inner tage.
dâ stürbe vil maneger zage
vor vorhten, âne wunden,
da er hæte zallen stunden.
dô Troiære Ectorn verlurn,
den sie ze trôste in erkurn,

von Troja berichten – aber was nützte das?
Wir können es auch unterlassen.
Es kann doch niemand alles vollständig aufschreiben.
Selbst Darius, der dabei gewesen war
und während der Nacht alles aufschrieb,
was tagsüber dort geschah
und was er mit eigenen Augen gesehen hatte,
konnte nicht im Detail aufführen,
wie die Trojaner
ihren Besitz schützten,
solange Hektor noch
lebte und für sie einstand.
Sobald aber Hektor im Kampf fiel,
sank der Ruhm der Trojaner
täglich:
sein Herz war ihrer aller Herz gewesen.
Auch Pandarus und Aeneas
kämpften dort an der Spitze
ganz in Kampfeswut entbrannt,
dort nämlich, wo man Heldentaten vollbrachte.
Viele Kämpfe wurden oft furchtlos
vor den Mauern Trojas ausgetragen,
wobei man vor lauter Glänzen der Schwerter
nichts mehr sehen konnte.
Ein Feigling hätte dort nichts zu suchen gehabt,
wo die Helden
aus vielen verschiedenen Ländern
zu allen Zeiten
gegen die Verteidiger der Stadt kämpfen mußten,
denn sie tobten dort die ganze Zeit.
So mancher Feigling wäre dort gestorben
aus Furcht allein, die er ständig fühlen würde,
ohne auch nur eine Wunde zu empfangen.
Nachdem die Trojaner Hektor verloren hatten,
in den sie ihre Zuversicht gesetzt hatten,

dô swachete Troie allen tac,
unz sî wüeste gelac.
Ze Troie geschach grôz wunder;
daz ist ein rede besunder,
der ich gerne ende vünde
mit worten, obe ich künde.
war umbe ichs überhaben hân?
daz ist durch vremede getân.
Ritterschaft mac niemêr gesîn
(daz wart ze den Kriechen schîn),
wan dâ man sie minnet.
der sie vêhen beginnet,
den vliuhet ouch sî zehant.
alsô tetes der Kriechen lant:
dô sie des schaden dâ verdrôz,
dô wart ir daz lant blôz.
ritterschaft umbe êre
diu muoz kosten sêre;
daz ist ein site unmâzen alt,
der doch nie alters engalt;
er niuwet allertegelich,
er mêret unde breitet sich
wîten after lande.
êre unde schande
vliehent einander.
swaz der biderbe Alexander
den Kriechen lande betwanc,
daz verlurn sie âne danc;
des schaden was ir bôsheit scholt;
man zinsete in, nû gebent sie solt.

von diu möhte ein man êre hân;
sî lônet âne valschen wân.
Ez was dô an krefte
noch an hêrschefte

wurde Troja von Tag zu Tag schwächer,
bis es verwüstet wurde.
Mit Troja geschah eine so erstaunliche Sache,
über die es viele Details zu berichten gibt
und die ich gerne vollständig vortragen möchte
in dichterischer Rede, wenn es mir möglich wäre.
Warum habe ich es aber aufgegeben?
Weil ich es nicht ausreichend kenne.
Rittertum kann nicht in Ehren bestehen
(wie sich bei den Griechen schon zeigte),
außer dort, wo man es hochschätzt.
Der, der es zu mißachten beginnt,
von dem eilt es auch rasch fort,
wie es sich ebenso in Griechenland ereignete:
Als die Ritterschaft die schlechte Behandlung leid war,
verschwand sie aus ihrem Land.
Ehrenhaftes Rittertum ist
mit hohem Aufwand verbunden,
das ist ein uraltes Gesetz,
das aber bis heute noch gültig ist.
Täglich erneuert es sich,
breitet sich überall aus
weit über die ganze Welt.
Ehre und Schande
schließen sich gegenseitig aus.
Was auch der tüchtige Alexander
den Griechen an Ländern erobert hatte,
die verloren sie wieder schmächlich,
und daran war ihr schlimmer Charakter schuld.
Man zahlte ihnen Zinsen, nun zahlen sie selber.
[Das ist ja doch ein ungleiches Leben
früher gab man ihnen, jetzt müssen sie bezahlen.]
Deshalb sollte sich jeder um ritterliches Ansehen bemühen:
Rittertum belohnt ohne jeglichen Trug.
Einstmals gab es in Hinsicht auf Macht
und Herrlichkeit

kein stat in den rîchen,
diu Rôme mohte gelîchen:
Rôme was diu mære.
die stolzen Rômære
ritterschaft begunnen;
alzehant sie sich versunnen,
waz guoter vröude dar ane lac,
unt bezzerte diu sich allen tac.
ze Rôme ritterschaft beleip,
dô mans von Kriechen vertreip.
zehant dô sî was komen dar,
Jûlius Cêsar
der empfienc sie ritterlîche
unde twanc elliu rîche,
daz im dienden diu lant.
einen lop erkôs sîn hant,
daz keiner ie mêrren hât,
die wîl unde disiu werlt stât.
swen sô lêret sîn muot,
daz er daz beste gerne tuot,
dem gelinget wol dar an.
sô ist nû vil maneger man
in der werlde, den ich sihe
âne êre leben alse ein vihe.
waz sal dem man ze lebene?
der swendet vergebene
beide genâde unde rât,
diu got der werlde gegeben hât.
　Rôme stuont mit êren
unz an den künec Nêren,
der sider über diu lant quan.
der was ein harte übel man,
wan erz allez volbrâhte,
daz im daz herze erdâhte,
ez wære übel oder guot.
swaz im geriet sin übel muot,

keine Stadt in der ganzen Welt
die Rom gleichen konnte:
Rom war ein Wunder an sich.
Die stolzen Römer
fingen mit dem Rittertum an.
Bald bemerkten sie,
wie viel Freude sie daraus gewannen,
die sich jeden Tag noch steigerte.
In Rom ist dann Rittertum geblieben,
nachdem man es aus Griechenland vertrieben hatte.
Gerade als es dorthin gelangt war,
übernahm es Julius Cäsar
in gut ritterlicher Manier
und besiegte viele Reiche,
so daß ihm diese Länder untertan wurden.
Mit seiner Hand erwarb er sich solch einen Ruhm,
wie ihn sonst keiner je besessen hat,
solange diese Welt existierte.
Wen seine eigene Gesinnung belehrt,
daß er von sich aus gerne das Beste leistet,
dem wird auch alles gut gelingen.
Nun gibt es so manchen Menschen
in der Welt, dem ich ansehe,
daß er ehrlos vor sich hinlebt wie ein Tier.
Was nützt dem denn sein Leben?
Der verschwendet ganz nutzlos
sowohl die Gnade wie die Hilfe,
die Gott der Welt gewährt hat.
Rom glänzte in Ehren
bis zur Zeit des Königs Nero,
als er seine Herrschaft antrat.
Dieser war ein sehr böswilliger Mensch,
weil er alles durchführte,
was ihm das Herz nur eingab,
ob es nun gut oder böse war.
Was immer ihm sein eitles Herz riet,

des enmohte in niht erwenden,
ern müese ez mit werken enden.
er liez im tuon alse ein wîp
unt hâte ouch man vür wîbes lîp.
Vernemet wie er einen tac
allez denkende lac,
wie einem wîbe wære,
diu trüege unt kint gebære;
des wunderte in sêre.
dô sande der künic Nêre
einen boten drâte
nâch sînem arzâte.
er sprach: ‘mit welhen sachen
wilt dû an mir gemachen,
daz ich kint gewinne?
nû kêre dîne sinne
dar an (des wirt dir michel nôt),
oder dû muost kiesen den tôt.’
Des antwurte im der arzât:
‘des wirt harte guot rât;
ich verende al dîne bete’
unt gap im ein polver, daz ein krete
inne wuohs in sînem magen.
dô begunde der künec tragen
ein bürde harte swære,
swie lîhte er ir âne wære.
dô diu krete sider in dem man
grôze wahsen began,
dô gelîchete er einem wîbe
vornen an dem lîbe.
dô gerou in alle stunde,
daz er es ie begunde;
er vorhte im daz ungemach.
zuo dem arzâte er dô sprach,
daz er dem kinde werte
unde in der sühte ernerte.

davon konnte ihn nichts abbringen,
so daß er es in die Tat umsetzen mußte.
Er ließ sich wie eine Frau behandeln
und hatte auch Männer statt Frauen als Geliebte.
Hört nur, wie er eines Tages
da lag und sich überlegte,
wie sich wohl eine Frau fühlte,
die schwanger wäre und ein Kind gebären würde;
das interessierte ihn sehr.
Da sandte der König Nero
sofort einen Boten
zu seinem Arzt.
Er sprach: »Überlege, auf welche Art und Weise
du es bei mir zu bewerkstelligen vermagst,
daß ich ein Kind bekommen kann?
Nun denke gut
darüber nach (das hast du sehr nötig),
denn sonst wählst du dir den Tod.«
Da antwortete ihm der Arzt:
»Dem kann ich gut Abhilfe schaffen,
ich erfülle alle deine Wünsche.«
Er gab ihm ein Pulver, so daß eine Kröte
in seinem Magen wuchs.
Da wurde der König schwanger –
eine schwere Bürde war ihm das!
Wie gerne wäre er sie wieder losgeworden!
Als die Kröte seitdem in dem Mann
zu wachsen anfing,
da glich er einer Frau
vorne mit seinem Bauch.
Da gereute es ihn Tag und Nacht,
daß er sich je darauf eingelassen hatte.
Er fürchtete das Leiden.
Zu dem Arzt sprach er da,
daß er das Kind abtreiben
und ihn von der Beschwernis befreien sollte.

dô tete er alse im geboten was,
unt half im, daz er genas
unde wol dar abe quan.
Nêre was ein grôzer man
mit michelem gebeine
unt sîn muoter kleine.
dô wunderte in alle zît,
wâ in ir diu stat sô wît
an deheinem ende wære,
dar ûz sî in gebære;
des wolde er niht erwinden,
ern müese ouch daz ervinden,
und hiez sie zesnîden.
daz muose sî erlîden
durch sîn bœse gelüste.
er sach under die brüste,
unde al den lîp hin ze tal
vander wunder âne zal.
Der künec manegez mein begienc:
vernemet wie erz ane vienc,
daz er Rôme zerbrach.
man sagete im, waz dâ vor geschach
ze Troie, dô man die gewan.
dô besande er alle sîne man,
den klagete er sîne swære:
'mir hânt die Rômære
alsô vil ze leide getân,
daz ich niht wol mac gelân,
ich enschaffe, daz sie müezen
mir mit schaden büezen.
swer hilfet rechen mîniu leit,
ich gibe im des sicherheit,
daz ich in endelîche
gewaltec unde rîche
wil tuon, ê ich erwinde.'
dô huop sîn gesinde

Der Arzt tat wie ihm befohlen,
und half ihm, so daß er wieder gesund wurde
und glücklich aus dieser Lage heraus kam.
Nero war körperlich ein großer Mann
von außerordentlicher Statur,
seine Mutter dagegen klein.
Da wunderte es ihn dauernd,
wo bei ihr die weite Stelle
wohl gelegen sein möchte,
aus der sie ihn gebar:
Da wollte er nicht ruhen,
als bis er das herausgefunden hatte,
und ließ sie aufschneiden.
Das mußte sie erleiden
nur wegen seiner bösartigen Begierden.
Er untersuchte sie unterhalb ihrer Brüste,
und überall in ihrem Körper bis nach unten
sah er zahllose erstaunliche Dinge.
Der König beging viele Freveltaten:
Hört, wie es ihm gelang,
Rom zu zerstören.
Man erzählte ihm, was einstmals geschehen war
in Troja, als man die Stadt erobert hatte.
Da ließ er all seine Vasallen holen
und beklagte sich bei ihnen:
»Mir haben die Römer
so viel Leid angetan,
daß ich es nicht vermeiden kann,
es so anzustellen,
daß sie für meinen Schaden büßen.
Wer mir dabei hilft, mein Leid zu rächen,
dem verspreche ich auch,
daß ich ihm unendlich viel
Macht und Reichtum
geben will, ehe ich von meinen Plänen ablasse.«
Da begannen seine Leute

an die hêrren von der stat,
alse sie der künec bat,
einen strît grôzen.
dô hiez er anestôzen
viure an manege strâze.
die grôzen unmâze
begienc er, daz er sæhe,
waz ze Troie geschæhe.
Rôme wart wüeste durch die nôt.
die vrumen lâgen alle tôt,
die beidenthalben wâren,
daz niht in tûsent jâren
enwuohs in ir lande
sô manec mein noch schande,
als ez an den zîten was.
noch gesiht man manec palas
wüeste: niwan durch einen man
Rôme alsô garwe verbran.
Dô muose ritterschaft varn
von Rôme, wan sî was arn
lîbes unde des guotes,
unt wart ir hôhes muotes
beroubet als ein weise
von der grôzen vreise.
mit jâmerlîchen dingen
quam sî ze Kerlingen
unt was dâ lange nôthaft,
biz sider Karle mit kraft
begunde twingen diu lant.
Olivier unt Ruolant
die kurn sie ze gellen
durch ir baldez ellen
unt pflâgen ir ritterlîche.
des wart ir lop vil rîche.
dô daz lantvolc gesach,
welch êre disen zwein geschach,

mit den Stadtbewohnern,
so wie der König sie gebeten hatte,
einen großen Kampf.
Dann ließ er Feuer
in vielen Straßen legen.
Diese große Untat
beging er, nur um zu sehen,
was in Troja geschehen war.
Rom wurde durch dieses Unglück zerstört.
Die tüchtigen Leute waren alle tot,
die auf beiden Seiten dort gelebt hatten.
In tausend Jahren ereignete sich
in ihrem Land nicht so viel
Unglück und solch eine Schande,
wie sie damals aufgetreten waren.
Noch heute sieht man viele Paläste
zerstört stehen: Nur wegen eines Mannes
wurde Rom so völlig verbrannt.

Da mußte sich die Ritterschaft
aus Rom entfernen, denn sie besaß
weder Helden noch Güter,
und wurde ihrer Hochherzigkeit
so beraubt, wie eine Waise
durch das Wüten des Schicksals alles verliert.
In einem jämmerlichen Zustand
gelangte sie ins Frankenreich
und lebte dort lange kümmerlich dahin,
bis endlich Karl kraftvoll
die Länder sich zu unterwerfen begann.
Olivier und Roland
erwählten sich das Rittertum zum Freund
wegen seiner großen Stärke
und nahmen sich seiner wie gute Ritter an.
Dadurch errangen sie hohes Ansehen.
Als die Bevölkerung sah,
welche Ehren sich diese zwei damit erwarben,

dô tâten sie ez ouch nâch in.
sus huop sich aller gewin.
ezn stuont dehein lant ie baz
ze vröuden, swâ ieman gesaz,
danne Kerlingen tuot.
wan diu ir ritterschaft ist guot:
sî ist dâ wert unt bekant
(sich hât sît manec ander lant
gebezzert durch ir lêre
an ritterschefte sêre);
sie dienent harte schône
den vrouwen dâ nâch lône,
wan man lônet in dâ
baz danne iender anderswâ.
Dâ was ein ritter, deist niht lanc,
der kêrte allen sîn gedanc
an einer vrouwen minne,
unt rieten im die sinne,
daz er diende zaller stunt
der grævinne von Bêamunt,
wan er deheine werder vant.
Maurîcius ist er genant,
der lop nie von im geliez,
Craûn man sîn hûs hiez.
der was dienstes bereit
vil manegen tac mit stætekeit:
wan turnieren unde geben
was im allez sîn leben,
an lôn was al sîn dingen.
swenne er ze Kerlingen
turnieren in die Marke quan,
dô enwas wederthalp nie man,
des lîp ez baz tæte
unde es dicker prîs hæte.
er was schœne unt wol gezogen
unde aller dinge unbetrogen,

da folgten sie ihrem Vorbild.
Das war für alle von Vorteil.
Niemals ging es einem Land besser,
wohin man auch blicken mochte,
als dem Frankenland.
Somit ist ihr Rittertum gut:
Es ist dort angesehen und wohl bekannt.
(Seitdem hat sich so manches andere Land
aufgrund ihres Vorbildes
in bezug auf Rittertum sehr verbessert).
Die Männer leisten dort in beeindruckender Weise
den Frauen Dienst,
denn man belohnt sie dort besser,
als sonst irgendwo in der Welt.
Dort lebte vor nicht zu langer Zeit ein Ritter,
der alle seine Gedanken
auf die Liebe zu einer Frau lenkte.
Seine Einsicht brachte ihn dazu,
daß er tagaus, tagein
der Gräfin von Bêamunt diente,
weil er keine würdigere Dame kannte.
Maurîcius ist sein Name,
der niemals die allgemeine Anerkennung verlor.
Craûn nannte man sein Land.
Dieser Ritter war stets zum Dienst
in großer Treue und Ausdauer bereit:
An Turnieren teilnehmen und Gaben verschenken
machten sein ganzes Leben aus,
dabei war er ganz darauf eingestellt, Lohn zu empfangen.
Wann immer er aus dem Frankenland
zum Turnier in die benachbarten Länder zog,
da gab es nirgends einen Mann,
der bessere Leistungen als er vollbrachte
und sich größeres Lob dafür verdiente.
Er war gut gewachsen und erzogen,
es fehlte ihm an gar nichts,

hövesch unde wîse.
des stuont er ze prîse
unt muose wol gevallen
durch reht den liuten allen.
  Sît sîn dinc sô wol stuont,
dô tete er als dicke tuont
werde liute wolgemuot,
die minnent unt nement vür guot,
swaz in dâ von widervert.
daz ist aber dem unerwert,
der stæteclîchen minnet:
vil dicke der gewinnet
beide schaden unde arbeit!
hilft aber im sîn stætekeit,
daz er lônes wirt gewert,
obe ers mit trouwen hât gegert,
sô wirt es alles guot rât,
swaz er dâ vor erliten hât,
daz ist im süeze unde guot,
wan im vil selten wê getuot
diu rouwe, daz ers ie began,
unde er wirt ein lônes rîcher man.
  Nû sprichet maneger man hie bî,
swaz lebendes ûf der erde sî,
ez sî wilde oder zam,
daz müeze sîn gehôrsam
dem man unt sîme liste.

Minne twinget sunder vriste
den man noch baz an stæte,
danne ein keiser tæte.
alse twanc ouch disen man ein wân,
daz er muose tuon unde lân,
swaz im Minne gebôt,
ez wære gemach oder nôt.

er war höfisch gebildet und klug.
Dafür wurde er gepriesen
und wußte ganz zu Recht einen guten Eindruck
bei allen Menschen zu machen.
Weil sich sein Leben so glücklich gestaltete,
da tat er nichts anderes als das,
was edle Leute freudig oft tun,
die verlieben sich und ertragen willig alles,
was ihnen davon auch geschieht.
Das aber ergibt sich zwangsläufig für den,
der sich ständig im Liebesdienst befindet:
Oft gewinnt er als Lohn dafür
nichts als Kosten und Mühsal!
Nützt ihm aber seine Beständigkeit,
dafür eine Belohnung zu erhalten,
wenn er sie ehrenvoll angestrebt hat,
so gelangt alles doch noch zum guten Ende.
Und was er davor alles erlitten hat,
das ist ihm nun bloß angenehm,
denn es bedrückt ihn überhaupt keine
Reue darüber, daß er es jemals angefangen hat.
Er wird dadurch ein reich belohnter Mann.
Nun sagen aber so manche Leute,
daß alle Lebewesen hier auf Erden,
ob wilde Tiere oder zahme,
gehorsam sein müssen
dem Menschen und seiner Klugheit.
[Das hatte auch ich gedacht, ehe ich lernen mußte,
daß es so doch nicht sein kann.]
Die Liebe drängt ohne Unterlaß
den Mann mehr zur Beständigkeit,
als es ein Kaiser täte.
Und genauso bedrängte auch diesen Mann eine Empfindung,
daß er alles tun und lassen mußte,
was ihm die Minne auftrug,
ob es nun angenehm war oder nicht.

Swer Minnen rehte erkennet,
der weiz wol, daz sî brennet
daz herze in ir gluote.
dem ist nôt der huote,
wie er sich vor schanden beware.
swaz im schaden widervare,
daz lâze er im sîn alse ein hâr.
ir sult wizzen daz vür wâr,
daz man mac vil selten
mit sparn êre gelten:
wan des muote niemen, der nû lebe
(Schade ist Minnen râtgebe),
daz er âne schaden minne,
ez ensîn im guote sinne.
swer sich an Minnen wendet,
obe er sîn dinc verendet,
daz ez im ergê ze heile,
der vüere stæte veile,
biz er sie dar zuo bringe,
daz im an ir wol gelinge.
Swer minnet unde sinne hât,
dem wil ich geben einen rât,
daz er unstæte vliehe
unt sich an stæte ziehe:
sô beledet er sich vaste
mit einem süezen laste
unde endet allez, daz er wil.
unstæte ist in der werlde vil;
swem diu beginnet lieben,
den gelîche ich den dieben:
sô danne man einen henket,
der ander niht gedenket,
daz er durch daz lâze
sîn steln oder mâze.
swie dicke ein unstæter siht,
daz eime stætem wol geschiht,

Wer die Minne in ihrem wahren Wesen erkennt,
der weiß davon zu berichten, daß sie
das Herz in ihrer Glut verbrennt.
Der Liebende muß sich davor hüten,
daß er sich nicht lächerlich macht.
Was ihm aber auch an Schaden widerfahre,
das soll ihn überhaupt nicht stören.
Ihr sollt euch dessen gut bewußt sein,
daß man sich niemals
durch Geiz Ehre erwirbt:
Das möge kein Lebender hier auf Erden denken
(Freigebigkeit ist der Ratgeber in Sachen Liebe),
daß er ohne Aufwand lieben könne,
es sei denn, er kann nicht richtig denken.
Wer sich der Liebe widmet,
falls er sein Werben zu solchem Ende bringt,
daß es für ihn glücklich ausgeht,
der muß unabänderliche Beständigkeit beweisen,
bis er die Minne dazu bringt,
daß sie ihn wohlgesonnen aufnimmt.

Wer sich verliebt und klug ist,
dem will ich einen Rat erteilen,
daß er sich von dem Wankelmut abwendet
und sich dafür an die Beharrlichkeit hält.
Dabei belädt er sich sicherlich
mit einer süßen Last
und erfüllt alle seine Wünsche.
In der Welt gibt es viel Unbeständigkeit,
und bei wem sie sich einstellt,
den vergleiche ich mit den Dieben:
Obwohl man den einen erhängt,
so denkt der andere trotzdem nicht daran,
daß er es deswegen unterläßt,
weiter zu stehlen, oder darin mäßiger wird.
Sooft auch ein unbeständiger Mensch wahrnimmt,
daß ein beständiger Mensch an sein Ziel gelangt,

ez ist im alse in daz mer ein slac;
wan im niht liebers wesen mac.
Ich möhte iu vil hie abe sagen:
ich muoz ein ander dinc klagen.
ein vuore in der werlde vert,
diu guoter minner vil verhert:
daz ist ein schade an êre.
nû biten, daz sie bekêre
dâ von unser heilant.
ich sage iu, wie sie sint genant:
Üppec unde Irre.
daz sie got den guoten virre!
wan sie verderbent sich dâ mite.
vür die bœsen ich nihtes bite;
die tuon alse ir reht sî!
swer in ist durch unstæte bî,
die heize ich wiht unreine.
sie sint aber niht baz gemeine
unde noch üppiger alle zît,
wâ sî nimet unde er gît.
(ich tæte ouch niht durch miete,
daz mir nie man geriete,
solde ich dar umbe geben guot.)
daz selbe ouch ein wîp tuot:
nôtdurft sie machet balt.
sô ist des laster zwîvalt,
der mit guote laster giltet.
disen market maneger schiltet;
deist reht, wan ez ist missetât,
swer êre durch gelüste lât.
Maneger man hât solichen site,
ê daz er durch ein guot wîp lite
deheiner leie swære,
daz er sie alle verbære.
der selbe man ist âne sin
unt hât verlust vür gewin.

so bedeutet ihm dies so viel wie ein Tropfen im Meer,
denn ihn freut nichts so sehr.
Ich könnte euch hier noch viel davon berichten:
Es gibt noch etwas anderes zu beklagen.
Eine Lebenseinstellung gibt es in dieser Welt,
die die guten Liebhaber oft verdirbt,
sie kostet das öffentliche Ansehen.
Sie davon zu bekehren,
wollen wir unseren Heiland bitten.
Ich sage euch, wie diese Dinge benannt werden:
Verschwendung und Untreue.
Möge Gott die guten Menschen davor bewahren!
Denn damit richten sie sich zugrunde.
Für die Bösen bitte ich nicht;
die sollen tun nach ihrer Art.
Wer sich diesen beiden aus Unzuverlässigkeit anschließt,
den bezeichne ich als verdorbenen Kerl.
Die zwei sind aber noch vertrauter miteinander
und schamloser alle Zeit,
wo Ausschweifung gibt und Unkeuschheit nimmt.
(Ich würde selbst gegen Bezahlung nicht tun,
was mir kein Mensch raten würde,
wenn ich dafür sogar noch Geld geben müßte).
Eben das tut aber eine Frau,
wenn Not sie den Anstand mißachten läßt.
Die Schande ist aber doppelt groß,
wenn man für sie noch zahlt.
So manche Menschen verurteilen dieses Tauschgeschäft,
und ganz zu Recht, denn es ist eine Schande,
wenn jemand um der Sinnlichkeit willen sein Ansehen preisgibt.
So mancher Mann hat diese Gewohnheit,
daß er, ehe er wegen einer guten Frau
irgendwelche Beschwerden durchstände,
lieber auf alle Frauen verzichtet.
Dieser Mann ist ohne Sinn und Verstand
und hält den Verlust für Gewinn.

ich zaldez ze gewinne,
swenne an vorderlîche minne
ich von dienste durch mîn heil
würbe êre oder lônes teil.
daz selbe reht spriche ich an mich.
Vil tugentlîche kunde sich
her Maurîcius bewarn.
durch daz muose im widervarn
êre von guoten wîben;
bî den wolde er belîben.
der bœsen lôn ist kleine.
er welte ûz allen eine
unde diende der viel manegen tac.
swer dienet und gedienen mac,
der diene, sô ez im beste tüge
unde dâ man im gelônen müge.
swaz lône geben bœsiu wîp,
sie machent sêle unde lîp
den mannen dicke unmære
unt maneger vröuden lære.
diu guoten gebent hôhen muot:
ir lôn ist êre umbe guot.
den sal ze rehte ein sælec man
dienen, der gedienen kan.
Her Maurîcius der stæte,
swaz der gedienet hæte
sîner vrouwen zallen zîten,
doch muose er lônes bîten
von ir unz an die stunde,
daz er zwîvels begunde.
des wart sîn vröude kleine.
er lac eins nahtes eine
unt gedâhte an sîne arbeit.
er sprach alsô: ‘mir ist leit,
daz ich zer werlde ie wart geborn;
sal ich garwe hân verlorn

Ich dagegen würde es als Vorteil ansehen,
wenn mir für vornehme Liebe
im Liebesdienst und dank meines guten Geschicks
Anerkennung oder etwas Belohnung zuteil würde.
Genau dieses Recht beanspruche ich für mich.
In großer Tugendhaftigkeit konnte sich
Herr Maurîcius in acht nehmen.
Dafür stand ihm hohe Auszeichnung
seitens vornehmer Frauen zu.
Bei denen wollte er auch gerne bleiben.
Der Lohn von unedlen Frauen ist nur wenig wert.
Er erwählte sich von allen Frauen eine
und diente ihr viele Tage lang.
Wer dient und sich aufs Dienen versteht,
der leiste seinen Dienst, wie es ihm am besten nützt
und wo man ihm auch Lohn geben kann.
Welchen Lohn auch immer unwürdige Frauen verteilen,
so verderben sie dadurch
den Männern oft Leib und Seele
und zerstören vielerlei Freuden.
Die Edlen vermitteln Freude und hohe Gesinnung:
Ihre Belohnung ist die öffentliche Hochachtung.
Ihnen soll ein glückbeseelter Mann
zu Recht dienen, wenn ihm dies möglich ist.
Herr Maurîcius, der treue,
hatte sich unablässig
um seine geliebte Herrin bemüht,
doch wartete er vergeblich auf einen Lohn
von ihr bis zu jenem Zeitpunkt,
als er unsicher zu werden anfing.
Seine Freude minderte sich deswegen beträchtlich.
Eines Nachts lag er alleine bei sich
und bedachte alle seine Mühen.
Da sprach er folgendermaßen: »Ich wünschte,
ich wäre niemals geboren worden;
soll ich denn tatsächlich

mîn gedinge, sô ich ie hâte?
sî lônet mir ze spâte,
der ich sô vil gedienet hân,
diu wil es niht vür guot enpfân.
des mac ich nimmer werden vrô.' –
alsô sprach er aber dô:
'ich bin des niht wol bedâht.
dienest hât mîn lop brâht
von lande ze lande,
daz man mich vür guot erkande;
sus lônet mir diu vrouwe mîn.
waz lône möhte bezzer sîn? –
ouch muose ich kumber lîden:
wie mohte ich daz vermîden?
wan swer nâch êren wil streben,
der muoz gemach ûfgeben. –
doch sal ein man gedenken,
ob er sorgen wil entwenken:
swie kumberlîche ez umbe in stât,
es wirt noch alles guot rât.
der gedanc ist vor swære
der beste schirmære. –
ez schînet wol, deich tump bin.
mîn zît gât hin âne sin.
got weiz wol, daz nieman wart
sô sêre geharmschart
alse ich bin, unt sage iu wie.
ich minnete stæteclîchen ie,
diu mich dâ wider vêhet.
ich hân ir vil gevlêhet;
sô vinde ich niht wan drouwen.
wie möhte ich mich ir vrouwen,
sît ich die nôt vor mir weiz,
deich weder lôn noch geheiz
nimmer vinde von ir,
durch die ich elliu wîp verbir?

alle Hoffnung verlieren?
Sie gibt mir viel zu spät ihren Lohn,
sie, der ich so unendlich viel gedient habe.
Sie will mir keine Gegenleistung bieten.
Darüber befällt mich tiefe Trauer.« –
Darauf sprach er erneut zu sich:
»Ich bin doch töricht.
Der Minnedienst hat mir viel Ehre eingebracht
überall in der ganzen Welt,
weil man mich als tüchtigen Menschen erkannt hat.
Wie aber belohnt mich meine Geliebte?
Welchen besseren Lohn gibt es denn? –
Deswegen mußte ich viel Kummer leiden:
Wie hätte ich das überhaupt vermeiden können?
Wer sich um öffentliche Anerkennung bemüht,
der muß eben auf Annehmlichkeiten verzichten. –
Dennoch sollte ein Mann daran denken,
wenn er Sorgen vermeiden will:
Wenn es ihm auch noch so elend geht,
am Ende wird er doch noch guten Rat finden.
Der Gedanke daran ist vor dem Leiden
immer noch der beste Schutz. –
Es scheint mir, daß ich mich unklug verhalte.
Ich verschwende meine Zeit ganz sinnlos.
Gott weiß es wohl, daß niemand
so sehr gestraft wurde
wie ich, und ich sage euch wie.
Ich habe stets in Beständigkeit um die Liebe
derjenigen geworben, die mich mißachtet.
Ich habe sie oft angefleht,
trotzdem höre ich nichts als Drohungen.
Wie kann ich nur mit ihr glücklich werden,
wenn ich nur Not erblicke,
weder Belohnung noch ein Versprechen
jemals von derjenigen erhalten werde,
derentwegen ich alle anderen Frauen meide?

ich diene unde wirbe,
biz ich gar verdirbe;
daz ist ein kumberlîchiu nôt.
mir tæte baz ein senfter tôt,
danne ich sus gebunden müese wesen.
sî ist, von der ich muoz genesen
oder lônes siech belîben
âne sie von allen wîben.' –
  Er dâhte sus an sîne klage:
'waz hilfet, daz ich immer trage
sô ungevüegen kumber?
ich bin deste tumber.
swer sich aber sorge hât gewenet,
ez gewirret niht, obe er sich senet.
daz selbe ist ouch mir geschehen.
ich muoz von der wârheit jehen:

mîn herze ist vröude noch maget,
wan daz mir dicke ist vor gesaget,
waz die liute an vröude brâhte.
swenne ich daran gedâhte,
sô hæte ich gerne alsam getân.
mîner sorgen, der ich tûsent hân,

wie möhte ich mich der gar erwern,
mîn vrouwe enwelle mich ernern?
ez ist ir missewende,
gît sî mir niht ein ende;
sô enwil ich aber ir geben
umbe seneden tôt mîn leben. –
ouch wil ich ê versuochen,
ob sî welle geruochen,

Ich leiste Dienst und werbe um sie,
bis ich sterben muß:
Das ist ein schreckliches Leiden.
Ich verdiente viel eher einen leichten Tod,
als so an sie gefesselt zu sein.
Sie ist es, von der ich geheilt werden muß,
wenn ich nicht liebeskrank bleiben soll,
dabei fehlt gerade sie mir unter allen Frauen.« –
Da bedachte er seine Klage:
»Was nützt es mir, wenn ich stets
solchen großen Kummer mit mir schleppe?
Das macht mich doch nur noch törichter.
Wer sich hinwiederum an den Kummer gewöhnt hat,
den stört es nicht, wenn er sich nach [ihr] sehnt.
Genau das hat sich auch mit mir ereignet.
Ich muß wahrlich gestehen,
mein Herz war deswegen immer
mit vielen Sorgen angefüllt.
Es mangelte mir niemals an Kummer
und Freude stellte sich bei mir nur selten ein.
Mein Herz hat noch nie wahre Freude empfunden,
ich kenne nur vom Hörensagen
das, was die Menschen glücklich stimmte.
Immer wenn ich daran dachte,
so hätte ich gerne genauso gehandelt.
Meine Sorgen, von denen ich tausende habe,
[und die je einzeln genommen
einen bayrischen Schilling wert wären,]
würde ich nur zu gern bekämpfen,
wenn mir nur meine Frau gnädig gesonnen wäre.
Es ist eine schändliche Tat ihrerseits,
wenn sie mir nicht meinen Wunsch erfüllt.
So will ich ihr nicht allein
wegen todbringender Sehnsucht mein Leben geben.
Dazu will ich erst einmal überprüfen,
ob sie mir zuzustimmen bereit ist,

daz ich kumbers werde erlôst.
getrôste mich ir süezer trôst,
sô wære ich endelîche
immer vrô unt rîche. –
nû muoz ich eines mich versehen,
alse mir ist ê geschehen
– gelebe ich immer mê den tac,
daz ich wider sie gesprechen mac –,
daz vür mîn dienst gilt zornes zins
ir herze herte alse ein vlins.
des hât mîn gelücke
wider sie müelîche tücke. –
ditz ist ein ungeloube,
daz ich mich trôstes roube,
unde ein vil unwîser rât,
daz ich gelücke missetât
zîhe, deich noch vor mir hân.
hæte heil baz ze mir getân,
sô hæte ez halbez mich vermiten,
daz ich sus garwe hân erliten. –
sî bedenket sich vil lîhte baz. –
ôwê, möhte ich wizzen daz,
ê danne ich ir næme war!'
Ûf disen zwîvel quam er dar.
als schiere er sie ane sach,
vernemet, wie im dô geschach.
an sîner varwe vorhte
ûz bleiche rœte worhte,
unt vergienc diu aber gar.
harte misselîche var
wart er, ê er vunde
dehein wort er kunde
gesprechen kleine oder grôz,
daz es die vrouwen verdrôz.
sî sprach: 'wie gehabet ir iuch sô?'
'vrouwe, ich bin unvrô.'

daß mein Leiden an ein Ende gelange.
Wenn mich ihr süßer Trost beglückte,
so wäre ich endlich
für immer froh und reich belohnt. –
Nur muß ich mich um eine Sache sorgen,
wie es mir schon einstmals passiert ist –
wenn ich nur diesen Tag noch einmal erleben könnte,
daß ich mit ihr sprechen dürfte –,
als mir mein Dienst bloß ihren Zorn eintrug.
Ihr Herz ist härter als ein Stein.
Deswegen trifft mein Glück
bei ihr auf viele beschwerliche Fallen.
Das ist einfach unglaublich,
daß ich meine Zuversicht verliere,
und es ist ein äußerst schlechter Rat,
daß ich mein Geschick dafür anklage,
was noch an mißlichen Dingen vor mir liegt.
Wenn mich das Heil besser begnadet hätte,
so hätte ich nur halb so viel Leid,
wie ich es erlitt, erdulden müssen.
Sie bedenkt sich wahrscheinlich eines besseren.
Ach ja, wie gerne wüßte ich es,
bevor ich ihr wieder begegne!«
Mit solchen Zweifeln gelangte er zu ihr.
Sobald er sie anblickte,
hört, wie es ihm da erging.
Seine furchtbedingte Gesichtsfarbe
verwandelte sich von weiß zu rot,
doch verschwand diese schnell wieder.
Seine Gesichtsfarbe wechselte
mehrfach, ehe er irgendwelche
Worte finden konnte,
seien es bedeutungsvolle oder nicht,
so daß die Frau sich darüber ärgerte.
Sie sagte: »Was fehlt Euch denn?«
»Frau, ich bin unglücklich.«

'war umbe? sult irs mir niht sagen?'
'vrouwe, ich muoz ez vertragen.'
'sprechet, waz ist iu getân?'
'vrouwe, sal ich urloup hân?'
'jâ, sprechet, waz iu sî.'
'vrouwe, ich bin sælden vrî.'
'daz mac iu vil leit sîn.'
'ez ist ouch, küniginne mîn.'
'gewirret iu anders iht mê?'
'jâ, vrouwe, mir ist wê.'
'wâ?' 'allenthalben.'
'sô sult ir iuch salben.'
'ich enmac noch enkan.'
'nû sît ir doch ein starker man.'
'vrouwe, mîn kraft diu ist zergân.'
'welt ir mînen rât hân?'
'jâ ich, vrouwe, gerne.'
'sô kêret ze Salerne!
sal iuwer immer werden rât,
dâ ist sô maneger arzât,
sie nerent iuch, sult ir genesen;
des müget ir wol sicher wesen.'
'Vrouwe, lâzet disen strît!
des ist mir nôt unde an der zît.
ir wizzet lîhte, daz ich bin
von iuwern schulden âne sin,
unde roubet mich dar nâch
mîner vröude: deist ein schâch,
den ich vil dicke schouwe.
mînes heiles vrouwe,
genâdet mir (des ist mir nôt),
oder ich muoz kiesen den tôt.
ich wil von iu ze lône hân
den tôt oder gewissen wân,
alsô bin ich here komen.
nû hæte ich gerne vernomen,

»Warum? Wollt Ihr es mir nicht sagen?«
»Frau, ich muß es verschweigen.«
»So sprecht doch, was mit Euch ist.«
»Frau, darf ich mir die Freiheit nehmen?«
»Ja, sagt nur, was Euer Anliegen ist.«
»Frau, ich habe alle Freude verloren.«
»Das bereitet Euch wohl viel Kummer!«
»Allerdings, meine Königin.«
»Bedrückt Euch denn nichts anderes?«
»Ja, Frau, ich habe Schmerzen.«
»Wo denn?« »Überall.«
»So nehmt doch Salben.«
»Das will ich nicht und kann es auch nicht.«
»Ihr seid aber doch ein kräftiger Mann.«
»Frau, meine Kraft ist völlig verschwunden.«
»Wollt Ihr meinen Rat entgegennehmen?«
»Ja, Frau, sehr gerne.«
»So geht nach Salerno!
Wenn Euch jemand Abhilfe verschaffen kann,
dort gibt es viele Ärzte.
Die machen Euch, wenn überhaupt jemand, gesund;
dessen könnt Ihr gewiß sein.«
»Frau, laßt doch diese Stichelei!
Das brauche ich und ist an der Zeit.
Ihr wißt genau, daß ich
nur Euretwegen meinen Verstand verloren habe.
Ihr beraubt mich völlig
meiner Freude: Das ist eine Art Diebstahl,
den ich oft bemerke.
Gönnt mir, verehrte Frau,
Eure Liebe (deren bedarf ich sehr),
oder ich werde dem Tod anheimgegeben.
Ich will von Euch als Lohn bekommen
entweder den Tod oder eine zuverlässige Hoffnung;
deswegen bin ich hierher gekommen.
Jetzt wüßte ich aber gerne,

wâ ich hine solde varn:
rîche ode ûz der mâzen arn?'
Dô sprach diu vrouwe wider in:
'swie ich niht diu schuldege bin,
sô wil ich mich schuldec geben.
ir hât mir allez iuwer leben
gedienet wol unde alsô vil,
daz ich ius gerne lônen wil.
ê danne ich langer wære
iuwers heiles kameræere,
sô wizzet, daz ich tæte,
des ich immer schaden hæte.
daz ist mîn wille manegen tac:
ich wil iu lônen, alse ich mac.
durch guoter miete liebe
wirt stæter man ze diebe.
durch dienst ich iemer mêre
muoz wâgen mîne êre,
des mac dehein rât sîn:
dû bist mîn unde ich dîn'
(sprach diu grævinne);
'durch geselleclîche minne
alsô tuo ein dinc durch mich;
ich verdiene ez immer umbe dich.'
Er erbeite kûme, wes sî bat:
'nim einen turnei vür die stat,
daz ich den eines hie gesehe.
nû vüege, dazz alsâ geschehe,
wan ich gesach deheinen nie.
wis ouch dû mîn ritter hie;
ich wil dir lônen, ob ich kan.'
dô wart er ein vrô man.
ein vingerlîn kleine
mit einem guoten steine
zôchs abe der hant, dazz niemen sach;
hern Maurîcien sî ez stach

wie ich von hier wieder fortgehen werde:
Entweder überreich beladen oder völlig arm?«
Da sprach die Frau zu ihm:
»Obwohl ich nicht die Schuldige bin,
so bekenne ich mich doch schuldig.
Ihr habt mir während Eures ganzen Lebens
außerordentlich gut und lange gedient,
so daß ich Euch gerne dafür belohnen will.
Bevor ich aber länger
der Verwalter Eures Glückes bin,
so möget Ihr wissen, daß ich nichts täte,
wovon ich immerwährenden Schaden erlangen würde.
Dazu bin ich schon lange fest entschlossen:
Ich will Euch meine Gunst erweisen, so gut ich vermag.
Durch die Aussicht auf gute Bezahlung der Liebe
wird so mancher treue Mann zum Diebe.
Durch deinen Dienst muß ich von nun an
meine Ehre aufs Spiel setzen,
dagegen gibt es kein Hilfsmittel:
Nun gehörst du mir und ich dir«,
(sprach die Gräfin).
»Aus freundschaftlicher Liebe
mache aber bitte noch eine Sache für mich:
Ich werde es dir auf immer vergelten.«
Er konnte kaum erwarten, worum sie bitten wollte:
»Veranstalte ein Turnier vor der Stadt,
auf daß ich es einmal beobachten kann.
Nun plane es so, wie ich will,
denn ich habe noch niemals eines gesehen.
Sei du dabei auch mein Ritter;
ich will dich dafür belohnen, soweit ich kann.«
Da wurde er ein fröhlicher Mensch.
Einen kleinen Fingerring,
besetzt mit einem wertvollen Stein,
zog sie so von ihrer Hand, daß es niemand bemerkte;
diesen steckte sie Herrn Maurîcius

an sîn vinger einen.
diu vrouwe wolde meinen,
daz sî in zeichende dâ mite
nâch geselleclîches wîbes site.
Urloup nam er sâ zestunt.
sî kuste in an sînen munt
unt hiez in gote empfolhen varn.
ûf huop sî ir sûbern arn,
vil minneclîche in umbevienc.
von ir liebe an im zergienc
beide sorge und arbeit
unt swaz er ie durch sie erleit.
Mîn her Maurîcius von Craûn
gewan im manegen garzûn,
die disen turnei schrîten
in den landen wîten.
nû saget ich iu, künde ich,
wie der hêrre bereite sich.
er hiez ein schif machen
von wunderlîchen sachen,
daz solde gân âne were
über velt alse ûfem mere.
daz wart durch wunder getân.
des schiffes meister muose hân
vil grôz guot unt wîsheit,
ê ez würde gar bereit.
Vernemet, in welher ahte
er daz schif erdâhte.
(künde ich iuz rehte gesagen!)
sîn gestelle was ein wagen
lîhte getræmet
unde alse ein schif geschræmet,
daz ze Kölne solde vliezen.
bünen unt beschiezen
hiez ez der meister zehant.
alumbe an ietweder want

an einen seiner Finger.
Die Frau wollte auf diese Weise andeuten,
daß sie ihn damit auszeichnete
nach der Art von gesellschaftlich gewandten Frauen.
Darauf nahm er sogleich Abschied von ihr.
Sie küßte ihn auf seinen Mund
und ließ ihn in Gottes Namen wegreiten.
Sie erhob ihre hübschen Arme
und umarmte ihn damit ganz liebreizend.
Durch ihre Liebe, die sie ihm schenkte,
vergingen sowohl seine Mühen und Sorgen
und was er sonst noch ihretwegen erlitten hatte.
Mein Herr Maurîcius von Craûn
warb so manche Knappen an,
die dieses Turnier überall
im ganzen Land verkünden sollten.
Wenn ich es vermöchte, würde ich euch berichten,
wie er sich darauf vorbereitete.
Er ließ ein staunenerregendes Schiff
mit einer ungewöhnlichen Ausstattung bauen,
das sollte, ohne daß es etwas hindern könnte,
übers Land fahren wie auf dem Meer.
Das wurde so gemacht, um öffentliches Aufsehen zu erregen.
Der Baumeister dieses Schiffes brauchte
viel Geld und das nötige Wissen,
ehe es fertiggestellt werden konnte.
Hört nur, in welcher Art und Weise
er das Schiff entwarf.
(Wenn ich es euch nur angemessen schildern könnte!)
Das Grundgerüst war ein Wagen
aus leichtem Holz
und wie ein Schiff geschnitten,
das nach Köln schwimmen sollte.
Verplanken und mit Brettern verbohlen
ließ es darauf der Meister.
Überall in jeder Wand

ûzen borte man dâ noch
durch die büne manec loch,
dâ solden sper inne stân.
Daz daz schif ze wege möhte gân,

machete er darumbe ein rame;
dar ûf was ez gestalt alsame
ein bû mit grôzer küste
hôch ûf ein gerüste,
daz man ez ûf schîben
abe wege solde trîben.
Ze Vlander er hâte
nâch rôtem scharlâte
einen karrich gesant,
dâ man die ûzeren want
allensamet mite bevienc.
der meister dar umbe gienc
unt sluoc ez an die spangen
mit guoten nagelen langen;
die wâren alle silberwîz.
er kêrte allen sînen vlîz
an disen tüechenen kiel,
daz ez den liuten wol geviel.
zem schiffe hœret maneger nagel:
er hiez den grans unde den zagel
mit golde beslahen vaste
ensamet dem hôhen maste.
ûf huop er in zehant.
daz kêrruoder er ane bant:
daz was als bî eime schiffe getân.
er wolde gereitschefte hân
ze sînem schiffe noch mê,
sam er solde varen über sê.
daz was ein wunderlich dinc.
sîn anker wâren messinc,

bohrte man da von außen
durch das Holz vielerlei Löcher,
in denen Speere stehen sollten.
Damit das Schiff auf dem Land fahren konnte,
[baute er, als es fertig war,]

außenherum ein Gestell.
Darauf wurde es
in großer Kunstfertigkeit wie eine Burg
hoch auf eine Vorrichtung gesetzt,
so daß man es auf Rädern
über Land fortbewegen konnte.
Nach Flandern hatte er
einen Wagen gesandt,
um scharlachroten Stoff zu holen,
womit man die Außenwände
völlig bedeckte.
Der Meister ging außen herum
und nagelte den Stoff an die Bretter
mit guten und langen Nägeln;
diese waren alle silberweiß.
Er bemühte sich außerordentlich gründlich
um diesen mit Stoff bespannten Kiel,
auf daß er bei den Leuten einen guten Eindruck machte.
Ein Schiff bedarf vieler Nägel:
Er ließ den Bug und das Heck
fest mit Gold beschlagen
und dazu den hohen Mast.
Diesen hob er dann in die Höhe.
Er befestigte das Ruder,
so wie es zu einem richtigen Schiff gehört.
Er wollte aber für sein Schiff
noch mehr Ausrüstungen haben,
als ob er auf dem Meer fahren wollte.
Das war wirklich ein seltsames Ding.
Seine Anker bestanden aus Messing,

dar umbe seil von sîden.
daz möhte er wol vermîden:
ez was ein üppeger schade,
ez stuont an truckenem gestade.
die ditz schif gesâhen,
verren unde die nâhen,
die sprâchen: 'waz sal daz sîn?
hie enist diu Mase noch der Rîn!
mit wie getânen dingen
wil erz hinnen bringen?
ez ist gar ein verloren guot,
ern vürhte iht die sinvluot
unt welle dar inne genesen;
waz endes mac ez anders wesen?'
hie abe wart ditz mære
wît unde offenbære,
ê ez nâhete sîner vart.
Dô daz schif bereit wart,
dô was ez allezsamet gar
nâch sînem wâpen gevar;
marnære unde stiure
nâch sîner govertiure
wârens alle gekleit,
wan sie in ein man versneit.
nû hiez er ûf daz schif tragen
(künde ich iuz rehte gesagen!)
allerêrest diu ruoder
unde dar nâch sper ein vuoder.
der wâren driu hundert
von den andern gesundert,
daz der keinez enbrast,
geverwet elliu sam der mast;
an der iegelîchez bant
man ein baniere dâ zehant
(daz was genuoc rîche)
dem segele gelîche;

und darum waren Seile aus Seide gewunden.
Das hätte er aber vermeiden sollen:
Es war überflüssige Verschwendung,
denn das Schiff stand ja auf dem trockenen Land.
Die das Schiff erblickten,
ob sie von ferne oder nahe kamen,
die sprachen: »Was mag das denn sein?
Hier fließen weder die Maas noch der Rhein!
Auf welche Art
will er es von hier fortbewegen?
Es ist eine unsinnige Sache,
es sei denn, er befürchtet die Sintflut
und will sich darin vor ihr retten.
Zu welch anderem Zweck mag es denn gut sein?«
Dadurch wurde aber dieses Wunderwerk
überall gut bekannt,
bevor es überhaupt auf Fahrt ging.
Als das Schiff fertig war,
da war es ganz und gar
mit seinen Wappen geschmückt:
Die Seeleute und Steuermänner
waren genau gekleidet nach dem Muster
der verzierten Samtdecke seines Streitrosses,
denn ein Mann hatte sie ihnen geschneidert.
Dann ließ er zuerst die Ruder
(könnte ich es euch nur angemessen darstellen!)
auf das Schiff tragen
und danach einen Riesenhaufen Speere.
Darunter waren dreihundert
von den anderen unterschieden,
und keines fand sich dabei,
das nicht die gleichen Farben trug wie der Mast.
An jeden einzelnen Speer band man
darauf ein Fähnlein
(und das war aus erstaunlich wertvollem Stoff),
das dem Segel glich.

diu hiez er ûf stecken
unt gelîche strecken;
diu andern wâren elliu blanc.
ditz was ein wunderlich gedanc,
daz er siu wolde durch ir ruon
eines tages gar vertuon.
Er brâhte dar în mit liste,
daz ez lützel liute wiste,
ros diu ez ziehen solden,
sô danne sie waren wolden.
zwischen tuochen unde den diln
dâ gerihte man die siln
unde spien diu ros dar în.
daz was ein kündeger sin,
daz dar ûzene nieman sach,
swaz dâ inne geschach:
sie tâtenz alsô tougen,
der ez sæhe mit den ougen,
der swüere wol, ez wære ein troum.
mitten an den maspoum
hienc man sînen schilt ane;
alse ein lampartischer vane
schein sîn segel in daz lant,
daz er an dem maste wart erkant.
Dô er in daz schif quan,
dô hiez sie der schifman
alzoges die rehten strâzen
durch guot geverte lâzen
unt varen durch die wîte
über velt ze aller zîte.
dô volgeten im die liute
rehte alse einer briute
unt sâhen, waz dâ wære.
sîne marnære
die sungen unde ruoten.
vergebene sie sich muoten.

Diese Speere befahl er aufzustellen
und in Reih und Glied anzuordnen.
Die anderen waren alle weiß.
Es erscheint als ein verwunderlicher Gedanke,
daß er sie bloß, um ihren Ruhm zu steigern,
an einem Tag völlig verschwenden wollte.
In das Schiff führte er heimlich,
so daß es nur wenige Leute bemerkten,
Pferde hinein, die es ziehen sollten,
wenn sie losfahren wollten.
Zwischen den Tüchern und der Bretterwand
befestigte man das Zuggeschirr
und spannte die Pferde fest.
Das war ein kluger Plan,
daß draußen niemand sah,
was innendrin geschah:
Sie machten alles so heimlich,
daß, wer es mit eigenen Augen sähe,
schwören würde, es wäre ein Traum.
Mitten an den Mastbaum
befestigte man seinen Schild.
Wie eine italienische Fahne
leuchtete sein Segel weit übers Land,
so daß er anhand des Mastes erkannt wurde.
Als er in das Schiff stieg,
da befahl ihnen der Kapitän
sogleich, die richtigen Straßen
zu meiden, um so besser voranzukommen,
und, weil dort mehr Platz war,
nur quer über die Felder zu ziehen.
Da folgten ihm die Menschen
wie einer Braut
und achteten genau darauf, was sich ereignete.
Seine Seeleute
sangen dabei und ruderten.
Doch ganz umsonst bemühten sie sich,

Alsô ritterlîche
vuor er durch Francrîche
gegen dem turneies zil.
dar quâmen liute harte vil,
ritter unde vrouwen,
die daz schif wolden schouwen,
beide grâwe unde kint.
in treip ein rehter segelwint
gegen der burc an daz velt. *765*
dâ sluoc man ûf ein gezelt; *766*
sâ zehant gienc er hinabe. *764*
an einer wise was sîn habe *763*
über einem brunnen, der dâ spranc.
dar nâch enwas niht bore lanc,
dô quâmen sie mit schalle
ûz der burc alle
unt sâhen den schifman
alse ein wildez tier an.

Sîn gezelt was harte guot;
an die winden, ûf den huot
was sîn wâpen gesniten.
daz hæte er nôte vermiten:
er mohtez mit êren vüeren.
mit harte guoten snüeren
was ez geslagen ûf daz gras.
ein spiegel der knopf was.
under daz gezelt geleit
wâren golter lanc unde breit,
harte wol gemâle
von guldînem zendâle.
dar ûf sâzen die geste.
jâchante unmâzen veste
wâren die nagele an den spangen.
sie wurden wol empfangen,

[da sich das Schiff durch ihr Rudern nicht
desto schneller vorwärts bewegte.]
Auf diese ritterliche Art
reiste Moriz durch das Frankenreich
zu dem Turnierort hin.
Viele Leute eilten herbei,
die sich das Schiff anschauen wollten,
und zwar Ritter und edle Frauen,
sowohl alte als auch junge.
Ihn jagte ein guter Segelwind
direkt zum Turnierfeld vor der Burg.
Dort baute man ein Zelt auf,
wohin er sich sofort begab.
Bei einer Wiese war sein Hafen
über einer Quelle aufgeschlagen, die dort floß.
Danach dauerte es nicht lange,
da kamen alle mit lautem Getöse
aus der Burg heraus
und bestaunten den Seemann
wie ein exotisches Tier.
Sein Zelt war von höchster Qualität;
überall an den Wänden und an der Decke
war sein Wappen angebracht.
Das hätte er kaum unterdrücken können.
Er durfte es in Ehren führen.
Mit guten und starken Seilen
war das Zelt auf dem Gras aufgeschlagen.
Ein Spiegel war in der Spitze.
Im Zelt befanden sich
breite und lange Decken,
hübsch bunt verziert
mit goldenem Taft.
Darauf saßen dann die Gäste.
Außerordentlich harte Jachantsteine
waren die Nägel an den Stangen.
Diejenigen wurden freundlich empfangen,

die geruochtens guotes sînes.
dâ stuont ein kumpf vol wînes,
lûter sam ein spiegel was er
unde swebete dar inne ein maser,
daz iegelîcher selber tranc,
den der durst dar zuo twanc.
  Dâ enwas noch nieman,
swaz dar spilmanne quan,
der sie sô wol beriete.
swaz dâ was varnder diete
in dem gezelte und dâ vor:
die trüegen wol ein hûs enbor!
dô des tages schîn verswant,
dô wart manec lieht gebrant
grôz unt gewunden,
daz sies ûf der burc enkunden
vernemen wan vür ein viure,
alse dâ brünne ein schiure.
sîn poulûn stuont schône;
obe er von rehte krône
trüege dâ ze lande,
ez wære âne ir schande.
  Des morgens dô der tac erschein,
die ritter wurden des enein,
daz sie zem schiffe quæmen
und die messe vernæmen;
daz tâtens alle samet dô.
des wart der schifman sô vrô,
daz ern wiste, waz er solde tuon.
man briet ie zwein unt zwein ein huon,
diu âzen sie, dô man gesanc;
dar zuo iegelîcher tranc,
daz ers genuoc hâte.
dô vuoren sie drâte
aller manne gelich
unde wâpenden sich.

die seiner Bewirtung wegen kamen.
Dort stand ein Krug voll mit Wein,
der so klar war wie ein Spiegel,
und darinnen schwamm ein Becher aus Maserholz,
so daß sich jeder selber nehmen konnte,
den der Durst dazu drängte.
Noch nie hatte einer
all die Spielleute, die herbeigekommen waren,
so reich mit Geschenken bedacht.
Erstaunlich, wie viele Unterhaltungskünstler
im Zelt und davor sich aufhielten:
Sie würden wohl ein Haus anheben können!
Als sich dann die Sonne senkte,
wurden viele Kerzen angezündet,
darunter große und sehr verzierte,
so daß man auf der Burg dies nicht anders
als ein richtiges Feuer zu deuten vermochte,
so als ob eine Scheune brennte.
Moriz' Zelt machte einen prächtigen Eindruck;
wenn er rechtmäßig die Krone
dieses Landes getragen hätte,
wäre es für die Bevölkerung keine Schande gewesen.
Am Morgen, als es wieder hell wurde,
einigten sich die Ritter darauf,
zum Schiff zu gehen
und dort die Morgenmesse zu hören;
das machten sie darauf alle zusammen.
Darüber freute sich der Seemann so sehr,
daß er gar nicht wußte, was er tun sollte.
Man briet für je zwei Männer ein Huhn,
das sie aßen, während man sie mit Gesang unterhielt.
Dazu trank jeder so viel,
daß er genug hatte.
Endlich brachen sie eilig
alle zusammen wieder auf
und bewaffneten sich.

Dô dem hêrren von Craûn
wart diu muoze unde der rûn,
dô zôch er allerêrest an
ein wambes von buggeran.
dô hiez er im reichen
einen vilz vil weichen
unt bant in vür sîniu knie.
alsô bewarte er sich hie.
zwô hosen wîz von îsen
hiez er im anebrîsen,
veste, niht swære,
wan er gerne lîhter wære:
er vuor in schricken alse ein tier.
ein harte guoten lendenier
den bant er umbe sîne huf
unt nestelte die hosen dar ûf.
einen huot truoc man im dar:
der bevienc die stirne gar,
daz im nieman darunde
die hût verritzen kunde.
dannoch zôch er ane mê
einen halsberc wîz alse ein snê;
er hiez die riemen stricken
vil vaste mit ricken.

Dô ditz allez was getân,
dô gienc er ûf daz schif stân,
unt mit im, die er wolde.
ein kneht sîn ros holde,
daz was schœne unde starc,
in daz schif erz verbarc.
verdaht brâhte erz zuo der türe.
er hiez diu andern her vüre
ûf einen bühel leiten
unt bat sie sîn dâ beiten.
dô vuor er mit êren
unt hiez den segel kêren

Als bei dem Herrn von Craûn
endlich wieder Stille und Ruhe eintrat,
dann erst zog er sich
ein Wappenkleid aus Ziegenfell an.
Darauf ließ er sich
eine weiche Decke geben
und band sie vor seine Knie.
In der Art stattete er sich aus.
Zwei weiße Beinschienen aus Eisen
ließ er sich anbinden,
fest zwar, aber nicht zu stramm,
denn er liebte es, beweglich zu bleiben:
So konnte er leicht wie ein Tier herumspringen.
Einen ausgezeichneten Lendengürtel
band er um seine Hüfte
und befestigte seine Beinschienen daran.
Darauf brachte man ihm einen Helm,
der ihm die Stirn völlig bedeckte,
so daß ihm niemand darunter
die Haut verletzen konnte.
Trotzdem bekleidete er sich mit noch mehr,
nämlich mit einem Halsberg, so weiß wie Schnee;
die Riemen ließ er
mit Fesseln festschnüren.
Als alles fertig war,
bestieg er sogleich das Schiff,
zusammen mit denen, die er sich gewählt hatte.
Ein Diener holte sein Pferd,
das prächtig anzusehen und stark war.
Im Schiff verbarg er es.
Heimlich brachte er es zur Tür.
Er befahl, daß die anderen Pferde voraus
auf einen Hügel geführt würden
und ordnete an, daß sie dort auf ihn warten sollten.
So fuhr er in glänzender Aufmachung
zur Burgmauer hin

hin gegen der burcmûren.
sie sluogen ir tabûren
unt bliesen floiten unde horn.
ezn wart nie manne sô zorn,
der dise vröude hôrte,
sîn ungemüete ez stôrte.
sie bliesen busûnen grôz,
manegiu stimme dar ûz dôz,
pfîfen unde rotten,
alse er galiotten
vuorte mit in sînem here
unt wolde rouben ûfem mere.
ûf der burc an einem orte,
nâhen bî der porte,
dâ stuont ir hûs gefieret
unt schône gezieret
mit mermelsteine harte wol.
diu venster sâzen vrouwen vol;
enmitten dar inne
saz diu grævinne,
diu hâte ez allez gevrumet.
sî sprach: ‘weist enez, daz dort kumet?
ez ist harte wol getân.
Ich wæne sant Brandân
durch wunder her gevaren ist.
sî ez aber der Entecrist,
sô seht, daz nieman verzage.
ez nâhet gein dem suontage.’

Neben daz hûs vür den berc
hiez er vüeren sîn werc.
sîn anker schôz er, an den sant,
dâ mite behabete er daz lant.
dô daz die ritter vernâmen,
ze velde sie quâmen.

und ließ das Segel hissen.
Sie schlugen auf ihre Trommeln
und bliesen ihre Flöten und Hörner.
Niemals fühlte ein Mensch solch einen Zorn,
daß er, wenn er dieses herrliche Konzert vernommen hätte,
nicht wieder freudig gestimmt worden wäre.
Sie bliesen auf großen Trompeten,
dazu erklangen viele Stimmen,
und Pfeifen und Rotten,
als ob Moriz Seeräuber
in seinem Heer mit sich führte
und Piraterei anstellen wollte.
Auf der Burg, an einem bestimmten Ort,
ganz in der Nähe vom Tor,
stand ein geschmücktes Haus,
das ansehnlich anzuschauen war
und aus Marmor errichtet worden war.
In den Fenstern saßen viele Frauen;
und mitten unter ihnen
saß die Gräfin,
für die der ganze Aufzug gedacht gewesen war.
Sie fragte: »Weiß jemand, was sich dort nähert?
Es sieht sehr gut gebaut aus.
Es scheint mir, als ob Sankt Brandan
auf der Suche nach Wundern hierher gelangt ist.
Wenn es aber der Antichrist ist,
so seht nur zu, daß niemand Angst bekommt.
Wir nähern uns dem Jüngsten Gericht.
[Hütet euch deswegen vor seinen Predigten,
denn wir sollen um so fester an Gott glauben.]
Neben das Haus auf dem Berg
ließ er seine Konstruktion hinfahren.
Seinen Anker warf er auf den Sand,
so daß er an Land gehen konnte.
Als das die Ritter hörten,
eilten sie zum Feld hinaus.

waz hilfet daz ichz lenge? *901*
umbe in wart solich gedrenge, *902*
daz in dâ wart vil kûme *903*
vehtennes zeime rûme: *904*
der puneiz der wart rîche *898*
beidenthalp gelîche. *897*
zehant dô man es began,
der grâve von der burc quan.
vür wâr ez sîn wîp dô sach:
einen ritter er ze tôde stach.
des wurden sie dô beide
trûrec vor leide.
der grâve ez wol bescheinde,
wan er vil sêre weinde,
daz er ie durch ritterschaft
solde werden schulthaft.
zehant entwâpende er sich dô.
des wurden sî alle unvrô
durch daz jâmerlîche leit.
der grâve ûf die burc reit
einer trûregen vart,
daz dâ sünde getân wart.
daz rehte schuof der schifman,
der über lant dare quan.
der bat vil vlîzeclîche sie;
er sprach: ‘gestât mîn schif hie
unt gesitze ich ouch dâ bî,
seht, waz êre iu daz sî!
ir hât des laster immer mê,
solde ich ertrinken âne sê.’
Dô sprâchens albesunder,
ez wære ein michel wunder,
daz der turnei verdürbe.
‘waz obe ein man stürbe:
wir suln sîne sêle
sante Michaêle

Was nützt es aber, daß ich den Bericht in die Länge ziehe?
Um sie herum war solch ein Gedränge,
daß sie dort kaum
Raum zum Fechten hatten.
Ein heftiger Kampf entwickelte sich daraus,
auf beiden Seiten wurde gleich stark gefochten.
Sobald man damit begonnen hatte,
kam der Graf aus der Burg heraus.
Wahrlich, auch seine Frau sah es:
er erstach dabei sogar einen Ritter.
Davon wurden sie beide
von Trauer und Schmerz erfüllt.
Der Graf gab es offen zu erkennen,
denn er weinte sehr darüber,
daß er jemals durch ritterliche Tat
sich so sehr mit Schuld beladen sollte.
Sogleich entwaffnete er sich.
Das Unglück stimmte alle traurig
wegen des großen Jammers.
Der Graf ritt zurück auf die Burg
und war zutiefst von Trauer geprägt,
weil dort solche Sünde begangen worden war.
Angemessene Maßnahmen ergriff der Seemann,
der von weither über das Land gekommen war.
Dieser bat eindringlich alle Anwesenden
und sprach: »Hier steht mein Schiff,
und ich sitze auch darin,
seht bloß, wie viel das Ansehen euch einbringt!
Ihr habt um so mehr Schande auf euch geladen,
sollte ich nun auf trockenem Land ertrinken.«

Da erwiderten alle ohne Ausnahme,
es wäre wirklich unglaublich,
wenn das Turnier so zu Ende ginge.
»Und wenn auch ein Mann stirbt,
dann sollen wir seine Seele
Sankt Michael

bevelhen, unde stechen wir!'
die rieten al nâch sîner gir.
Ein schal wart über gevilde;
helme unde schilde
wart dô vil erschellet
unt maneger man gevellet.
dô er in dem schiffe sach,
daz hie ûze sluoc unt stach
an dem velde maneger ritter snel,
dô zôch er über sîn wamsel
den harnas man schînen sach.
ime wart daz ûzer dach
ein harte guoter samît,
wol gesniten unde wît.
sîniu wâpen daran wîste
diu aller beste lîste,
dâ von ir ie hôrtet sagen:
diu was ze vlîze daran geslagen.
Ûf bant er den helm sînen
(den sach man verre schînen)
harte wol gewieret,
mit golde volzieret,
alse er im wol tohte.
niemen anderz merken mohte
an aller sîner gelæze,
wan daz ein künec dâ sæze.
sîn ros brâhte man im dar,
rehte alse ein swan gevar,
verdecket mit zendâte.
âne daz eine er hâte
ûzerhalben ähte
alsam verdecket rehte.
die sîne bat er alle
zuo dem grœsten schalle
daz schif balde rihten.
vorne bî der pflihten

anbefehlen und weiter mit den Lanzen kämpfen!«
Sie gaben alle ihren Rat ganz gemäß seinem Wunsch.
Ein lauter Lärm erhob sich auf dem Feld;
Helme und Schilder
erdröhnten oft dabei,
während viele Männer vom Pferd gestochen wurden.
Als aber Moriz von seinem Schiff aus bemerkte,
daß sich dort auf dem Turnierfeld
eine Menge starker Männer schlugen und stachen,
da zog er sich seine Rüstung an,
und seinen Halsberg sah man hell glänzen.
Eine Decke aus Samt
legte man ihm um,
die elegant und fließend geschnitten war.
Seine Wappen daran zierte
die schönste Borte,
von der ihr je gehört habt.
Diese war sehr sorgfältig darauf genäht.
Dann band er sich den Helm um
(man sah ihn von weitem funkeln),
der ebenfalls erlesen gearbeitet
und mit Gold verziert war,
wie es ihm in der Tat zustand.
Man konnte nichts anderes denken,
beachtete man sein Gebaren,
als daß dort tatsächlich ein König saß.
Nun brachte man ihm sein Pferd,
das so weiß wie ein Schwan war
und mit Taft bedeckt war.
Außer dem einen hatte er
draußen noch acht andere,
die genauso ausgestattet waren.
Sein Gefolge bat er darauf,
unter größtem Lärm
das Schiff schnell vorzubereiten.
Vorn am Bug

was ein türlîn ûz gesniten.
dâ quam schône vür geriten
nieman wan er eine.
sîn geselleschaft was kleine,
swanne er über lant vlôz;
sî wart aber sider grôz.
sîner knehte quam ein teil gerant,
der iegelîcher in die hant
nam ein sper oder zwei.
  dô huop sich ein turnei.
er nam den schilt, wan im was gâch,
unde ein geverwet sper dar nâch.
sin ros nam er mit beiden sporn:
dô hâte er vreissamen zorn.
jâ quam er rehte alse ein ar
under kleiner vogele schar:
einen stach er dar nider
unde aber den anderen sider,
unt vürbaz den dritten,
den vierden dâ enmitten,
den vünften stach er sêre,
den sehsten michel mêre,
den sibenden er dar nâch stach,
dem ahten alsame geschach;
verre under den vriunden
stach er nider den niunden,
den zehenden stach er ûf daz gras –
ez viel, swaz dâ vor ime was.
mit sus getâner linge
vaht er, daz ime ringe
diu ros liefen lære,
alse ez ein stuot wære.
swenne ein ros vor hitzen
under im begunde switzen,
sô gap er ez vürbaz;
ûf ein anderz er gesaz.

war eine Tür eingelassen.
Dort kam prächtig herausgeritten
kein anderer als er selber.
Sein Gefolge war klein gewesen,
als er über das Land gefahren war;
seitdem war es aber angewachsen.
Ein Teil seiner Diener kam herbeigeeilt,
von denen jeder in seine Hand
einen oder zwei Speere nahm.
So begann das Turnier.
Er ergriff den Schild, denn er war begierig darauf,
und nahm einen bunten Speer dazu.
Er trieb sein Pferd mit beiden Sporen an.
Er war mit fürchterlichem Kampfeseifer erfüllt.
Ja, er stürzte sich wie ein Adler
unter eine Schar kleiner Vögel:
Den einen stach er nieder
und den anderen ebenfalls,
sogleich den dritten darauf,
den vierten unverzüglich,
den fünften stieß er hart vom Pferd,
den sechsten sogar noch härter,
anschließend warf er den siebten ab,
dem achten erging es genauso;
weiterhin stach er in der Schar seiner Freunde
den neunten herunter,
und der zehnte fiel aufs Gras –
alle fielen, die sich nur vor ihm zeigten.
Er kämpfte mit solchem Erfolg,
daß die Pferde auf dem Turnierplatz
unbemannt daherliefen,
als ob es ein Gestüt wäre.
Wenn ein Pferd unter ihm vor Hitze
zu sehr zu schwitzen anfing,
so tauschte er es gleich aus;
auf ein anderes setzte er sich dann.

alse im aber ein anderz quam,
sâ was dâ, der ditze nam.
hie mite der schifhêrre geschuof,
daz er ze rehte hâte den ruof
durch vehten unde durch miete
von aller varnder diete.
dô er sîniu geverweten sper vertete *1012*
allez durch der vrouwen bete *1011*
(dô in sîn vrouwe kuste), *1014*
elliu ze rehter tjuste, *1013*
dô gienc ez an die blanken.
sî mohte ims wol danken,
daz noch nie dehein man
alsô grôzen prîs gewan,
alse er zuo den zîten
hâte von beiden sîten.

der in des tages sæhe, 1023
durch reht er im êren jæhe.
  Er vuor umbe alse ein bal
unt hiez rüefen über al,
swer guotes geruochte,
daz erz zem schiffe suochte.
dâ gap er in allen den tac,
swaz in ze râme gelac
unt swaz er dar brâhte.
  Dô nû der âbent nâhte,
dô was er müede entwichen
von slegen unt von stichen
zuo dem gezelte durch sîn gemach.
swer in durch guot ane sprach,
den kunde er wol gestillen
mit guote unt mit willen.
des wart dô sîn lop vil breit.
daz schif, daz er dar gereit,

Sobald er aber ein anderes erhielt,
so kam auch jemand, der das alte wegbrachte.
Hierdurch gelang es dem Kapitän,
daß er zu Recht sich großes Ansehen erwarb
durch seinen ritterlichen Kampf und sein Gönnertum,
nämlich als Mäzen von all den Spielleuten.
Als er alle die bunten Speere aufgebraucht hatte,
was ganz gemäß der Bitte seiner Geliebten geschah
(seine Geliebte hatte ihn damals dafür geküßt),
und zwar alle im ordentlichen Tjost,
da war es Zeit für die ungefärbten Speere.
Sie durfte es ihm durchaus danken,
daß noch niemals ein Mann außer ihm
solch große Auszeichnungen gewann,
wie er damals
von allen Seiten empfing.
[Wäre er auch gänzlich ein Heide
und ganz von der Christenheit getrennt,]
so würde ihm doch der, der ihn an diesem Tag gesehen,
zu Recht die Ehre des Siegers zugesprochen haben.
Wie ein Ball lief er überall herum
und ließ öffentlich ausrufen,
daß, wenn jemand etwas Gutes haben wollte,
er dieses beim Schiff suchen müßte.
Da schenkte er ihnen den ganzen Tag über,
wonach es sie gelüstete
und was er mitgebracht hatte.
Als nun der Abend anbrach,
entfernte er sich, völlig erschöpft
von all den Schlägen und Stichen,
und ging zu seinem Zelt, um sich auszuruhen.
Alle die ihn um ein Geschenk ansprachen,
denen konnte er tatsächlich ihren Wunsch
freudig und mit guten Gaben erfüllen.
Deshalb verbreitete sich sein Ruhm noch mehr.
Das Schiff, mit dem er angereist war,

hiez er die garzûne nemen:
'wen möhte es baz dan iuch gezemen?'
ane griffen sie ez gar,
der varnden quam ouch vil dar,
daz sie nieman kunde gezeln.
dô wurden einem zwô eln,
dem dritten alse dem andern drî
unde dem vierden dâ bî
ze einem rocke genuoc.
der vünfte den sehsten sluoc,
daz im daz houbet zebrast.
der sibende begreif den mast,
der ahte daz ruoder,
dem niunden wart zem muoder,
dem zehenden tuoch zem gêren.
mit sus getânen êren
wart ez geteilet under sie.
ir ervrieschet dâ vor nie
dehein schif sô mære,
daz âne wazzer wære.
  Dô der turnei was zergangen,
dô quam ein man gevangen,
der bat in sêre der habe.
sînen halsberc zôch er abe
unt gap im den ze stiure:
des genâdete er im tiure.
dô er sich des entwerte,
dô zôch er an die herte
sîn wamsel vür die kelte,
vil unlange er enwelte.
er warte, obe ieman quæme,
der ouch die hosen næme:
dannoch was dâ niemen.
dô enstricte er die riemen
an dem einen beine.
sie liezen in alterseine,

gab er den Knappen zum Geschenk:
»Wem geziemte es denn besser als euch?«
Sie nahmen es sofort.
Viele Spielleute kamen auch dahin,
daß man sie gar nicht mehr zählen konnte.
Der eine erhielt zwei Ellen,
der zweite und dritte sogar drei Ellen,
und der vierte fand noch genug,
um sich einen Rock daraus zu machen.
Der fünfte schlug den sechsten so hart,
daß ihm der Kopf dabei zerbarst.
Der siebte ergriff den Mast,
der achte das Ruder,
dem neunten gab man Stoff für eine Oberjacke,
dem zehnten Stoff nur noch für den Saum.
Mit solchen Ehrengaben
wurde das Schiff unter sie aufgeteilt.
Ihr habt vorher sicherlich noch niemals
von solch einem wunderbaren Schiff vernommen,
das nicht auf dem Wasser lag.
Als das Turnier zu Ende ging,
da kam ein Mann, der gefangen worden war,
der ihn sehr um ein Geschenk bat.
Da zog er seinen Halsberg aus
und gab ihm diesen als Gabe.
Dafür dankte der ihm zutiefst.
Nachdem er sich so entwaffnet hatte,
da zog er, um sich vor der Kälte zu schützen,
sein Wams über die Schultern.
Lange mußte er nicht warten.
Er wartete nämlich darauf, ob noch jemand käme,
der von ihm auch noch die eisernen Hosen nähme.
Dennoch kam da niemand mehr.
So löste er die Riemen
an dem einen Bein.
Alle, die mit ihm gekommen waren,

die mit im wâren dare komen:
sie hâten wol von im vernomen,
daz sie gæben, swer sies bæte,
swaz iegelîcher hæte;
des nâmens sîn deheine war.
Darunder quam ein bote dar.
er sprach, dô er in sus einen vant:
'mîm vrouwe hât nâch iu gesant.
nû vart ab wege, ez ist zît.
rehte sô alse ir hie sît,
sult ir komen dar zuo zir:
daz enbôt sî iu bî mir.'
vrôlîchen tete er daz:
ûf des knehtes pfert er saz
unt vuor, alse in diu vrouwe hiez.
Nû vernemet, wâ in der kneht liez:
in einem boumgarten
dâ hiez sî sîn warten
ein juncvrouwen wol getân;
diu bat in mit ir în gân
in eine kemenâten,
die sî tougen hâten
zuo ir heimlîche erwelt.
dar vuorte diu juncvrouwe den helt.
an iegelîchem ende
wâren dâ die wende
wol gemâl sô vaste,
daz ez alse ein münster glaste.
daz himelze obene gemuoset was,
daz ez lûhte alse ein spiegelglas
beide naht unde tac dar innen, *1110*
sam wæren venster binnen *1109*
von edelem gesteine. *1108*
Dar giengen sie zwei eine. *1107*
dâ stuont ein bette enmitten bî,
vernemet, wie daz gemachet sî:

ließen ihn nun allein.
Sie hatten von ihm ausdrücklich Weisung bekommen,
daß sie geben sollten, worum sie jemand bitten würde,
nämlich alles, was sie hatten;
doch gehorchten sie ihm darin nur wenig.
Inzwischen kam ein Bote zu ihm,
der, da er ihn alleine fand, das Folgende sagte:
»Meine Herrin will Euch sehen.
Beeilt Euch, da ist keine Zeit zu verlieren.
Genau wie Ihr jetzt seid,
so sollt Ihr zu ihr kommen.
So läßt sie es Euch durch mich auftragen.«
Voll Freude führte er ihren Befehl aus.
Er setzte sich auf das Pferd des Dieners
und ritt los, wie es ihm die Frau befohlen hatte.
Nun hört aber, wo ihn der Diener hinbrachte:
in einen Obstgarten.
Dort ließ seine Geliebte
eine Zofe auf ihn warten.
Diese bat ihn dann mit ihr zu gehen
in ein Zimmer,
das sie unbemerkt vor den anderen
für ihr heimliches Stelldichein erwählt hatten.
Dorthin führte die Zofe den Helden.
An allen Seiten
waren dort die Wände
so wunderbar bemalt,
daß das Zimmer wie eine Kathedrale glänzte.
Die Decke war so mit Mosaiken verziert,
daß sie wie ein Spiegel erstrahlte,
sowohl bei Tage wie bei Nacht,
als ob sich darinnen Fenster
aus Edelsteinen befänden.
Dort hinein gingen die beiden.
Mittendrin stand ein Bett,
hört nur, wie es gebaut war:

dem wâren sîne stollen
grôz unt gedrollen,
unt von helfenbeine ergraben
wâren tier ane erhaben,
aller hande als siu diu erde treit,
unt golt dar under geleit
enmitten in daz helfenbein,
daz ir antlitze dar ûz schein.
die rigel wâren alsus
von holze, daß Vulcânus
niht verbrennen enkan,
unt wâren gestrecket dar an
vier liebarten hiute
(ditz hânt wan rîche liute),
mit næten zesamene gezogen.
diu rede ist wâr unt niht gelogen,
swie ich es niht beziugen mac.
enmitten ûf den hiuten lac
vil bette weich unde grôz,
diu wâren decke niht blôz:
ûf in wâren die ziechen,
pfellelîn von Kriechen;
der obe lac ein golter dâ –
ich wæne vrou Cassandrâ
nie bezzer werc volbræhte
oder dehein ir geslähte –
unde ûz sabene ein deckelachen.
dâ hiezens under machen
vedere, die man tiure galt.
ein lîste was dâ vor gestalt
von zobele swarz alse ein kol,
einer spanne breit alumbe wol.
die vedere wâren guot genuoc:
daz tier, daz die belge truoc,
daz ist alfurt genant;
der künec von Maroch hât ein lant,

Dessen Beine waren
breit und gedrechselt;
und verschiedene, aus Elfenbein geschnitzte
Tiere waren darauf gesetzt,
die aus allen Erdteilen kamen.
Gold war mitten in das Elfenbein
eingelegt worden,
so daß ihre Gesichter daraus hervorleuchteten.
Die Seitenbretter des Bettes waren
aus solchem Holz, daß es selbst Vulkanus
nicht verbrennen könnte.
Darüber waren vier
Leopardenhäute gespannt
(so etwas haben nur reiche Leute),
die in der Mitte zusammengenäht waren.
Mein Bericht ist wahr und keineswegs erlogen,
auch wenn ich es nicht direkt bezeugen kann.
Auf den Häuten lagen
viele weiche und breite Kissen.
Darauf lagen wiederum viele Decken,
darauf dann Bettücher
aus griechischer Seide;
darüber war dann eine Steppdecke –
ich meine ja, daß selbst Frau Kassandra
nie eine bessere Leistung vollbrachte,
oder irgend jemand ihresgleichen –
und obendrauf noch eine Bettdecke aus Leinwand.
Diese ließ man mit
äußerst teuren Federn füttern.
Am unteren Ende befand sich eine Borte
aus Zobelfell so schwarz wie Kohle,
überall etwa eine Spanne breit.
Darinnen waren wertvolle Federn gesteckt:
Das Tier, das diesen Pelz trägt,
heißt Alfurt;
Der König von Marokko besitzt ein Land,

daz liget verre über sê
– dâ væhet manz unt ninder mê –,
daz ist geheizen Kartagô
unt bewarte ez ê vrou Dîdô.
dar diu houbet wâren gekêret,
dâ was ez hœher gemêret
mit einem pfulwen sîdîn.
daz bette mohte bezzer sîn –

wan lât ez wesen dem gelîch,

daz von Veldeken Heinrîch
machte harte schône
dem künege Salomône,
dâ er ûfe lac unt slief;
dô in vrou Vênus ane rief,
biz daz sî in erwacte.
mit ir bogen sî in erschracte;
sî schôz in an sîn herze,
daz in der selbe smerze
dructe unz an sîn ende:
er muose in ir gebende,
swie wîse sô er wære.
sî tete in witze lære.
Disem man was lützel baz,
der bî der juncvrouwen saz
heimlich unde ouch vremede.
gras, loup unde semede
was gestrouwet ûf den esterich.
dô banecten sie mit rede sich.
sî vrâgete in etewenne
unde aber er sie denne
von aller slahte dingen,
diu zwei sunderlingen.
er sprach: 'sicherlîche,
ditze hûs ist rîche,

das weit jenseits des Meeres liegt
– und nur dort kann man es fangen –,
das sich Karthago nennt,
und welches einst von Frau Dido regiert wurde.
Dort, wo man die Köpfe hinlegt,
da war das Bett ausgestattet
mit einem seidenen Federkissen.
Das Bett mochte wohl noch vorzüglicher gewesen sein –
[ich vermag es aber nicht besser zu schildern].
So möge es dem gleich gewesen sein,
[und in seiner Güte durchaus dem ähnlich,]
das Meister Heinrich von Veldeke
so außerordentlich schön beschrieben hat,
und das dem König Salomon gehörte
und auf dem er lag und schlief,
als ihn Venus so lange anrief,
bis er endlich aufwachte.
Mit ihrem Bogen erschreckte sie ihn;
sie schoß mit einem Pfeil in sein Herz,
so daß ihn der Schmerz
bis an sein Lebensende bedrückte.
Er mußte sich ihr deswegen ergeben.
Obwohl er solch ein weiser Mann war,
mußte sie ihn noch in ihre Lehren einweihen.
Unserem Helden erging es nicht viel besser,
der bei der Zofe saß
und so verborgen vor allen und auch einsam war.
Gras, Laub und Schilf
waren auf dem Boden ausgestreut.
Da unterhielten sie sich im Gespräch.
Sie fragte ihn allerlei,
und darauf erkundigte er sich bei ihr
nach allen möglichen Dingen,
so sprachen sie in Wechselrede.
Er sagte: »Ohne jeden Zweifel
ist dies ein wohlhabendes Haus,

schœne unde wunneclich.
zewâre des dunket mich
an allen mînen sinnen,
wære mîn vrouwe hinnen,
sô wære ez alse ich wolde,
obe ichz erwünschen solde.
ez möhte aber ûf der erden
kein hûs sô bœsez werden,
sæhe ichs eines darîn gân,
ez dûhte mich baz dan ditz getân.'
Dô sprach diu juncvrouwe:
'swie übele ir hêrren zouwe,
sî kumet, als schieres komen mac.
mîn hêrre lît hiute al den tac
unt weinet harte sêre.
er wil nimmer mêre
werden weder vrô noch geil,
sît im daz michele unheil
von iuwern schulden geschach,
daz er einen ritter ze tôde stach.
des klaget er sêre iuwer vart,
daz sî ie ûf geleget wart,
unt vluochet zaller stunde,
daz man ie begunde
daz selbe schif machen:
sô muoz mîn vrouwe wachen,
daz ir iuwer zweier rât
allenthalben ane gât.'
Dô sprach der ritter wider sie:
'im geschadete mîn vart nie;
sî half ouch mich vil kleine.
doch weiz ich wol daz eine:
alse ich mich versinnen kan,
der wirt ist ein hövesch man;
hæte er geslagen noch ähte,
der im gesagete rehte,

schön und angenehm gebaut.
Wirklich, es scheint mir
bei allen meinen Sinnen,
wäre jetzt auch noch meine Geliebte hier,
so wäre es tatsächlich vollständig,
wenn ich mir das wünschen dürfte.
Es kann aber hier auf Erden
kein Haus so wertlos sein,
wenn ich sie dort hineingehen sähe,
so schiene es mir noch vollkommener als dieses.«
Da erwiderte die Zofe:
»Wie schlecht es ihrem Mann auch geht,
sie kommt so rasch, wie es ihr möglich ist.
Mein Herr liegt heute schon den ganzen Tag im Bett
und weint ununterbrochen.
Er will niemals mehr
froh und glücklich werden,
seit ihm das große Unglück
Euretwegen geschehen ist,
daß er einen Ritter zu Tode stach.
Er beklagt es sehr, daß Ihr hierher gekommen seid,
daß Ihr jemals diese Fahrt unternommen habt,
und er verflucht es ununterbrochen,
daß man überhaupt damit anfing,
dieses Schiff zu bauen:
Meine Herrin muß wach bleiben und darauf warten,
daß Eure heimliche Verabredung
in jeder Hinsicht zustande kommt.«
Da antwortete ihr der Ritter:
»Meine Fahrt schadete ihm überhaupt nicht;
auch mir hat sie übrigens nur wenig genützt.
Allerdings weiß ich das eine wohl:
Soweit ich mich erinnern kann,
ist doch der Gastgeber ein höfisch gesinnter Mensch.
Selbst wenn er noch acht andere erschlagen hätte,
wenn einer ihm berichten würde,

waz ich durch sîn wîp hân getân,
er hieze sie her zuo mir gân,
wiste er, daz ich hie wære,
swie er ihr dort enbære.'
Dar umbe er trûrende saz,
müede unde harte laz,
zornec unde træge,
unt gebârte, alse er læge
ein wîl ruowende durch gemach.
diu maget güetlîchen sprach,
als sî sach, daz in verdrôz:
'wan leget ir iuch in mîne schôz
unt ruowet, biz mîn vrouwe kome?
ez wirt vil lîhte iuwer vrome:
ir sît müede unt genouwen.'
'ich tæte, möhte ich getrouwen,
daz ich entwachen künde,
ê mich mîn vrouwe vünde
slâfende. obe sî quæme
unt mir ir gruoz benæme
mîn slâf, sô würde ich nimmer vrô.'
diu juncvrouwe sprach alsô:
'daz bewar ich, lât ez ane mich!'
'tuot ir?' 'jâ.' 'sô slâfe ich.'
dô legete er sîn houbet,
alse sî im hâte erloubet,
in ir schôz unt slief zehant.
ez was im alsô gewant:
er hâte manege lange naht
dâ vor sô ofte gedâht,
wie er sîn schif vertæte,
daz er des êre hæte,
des er sô künstlîchen pflac.
Unlange er dâ lac.
dô quam diu vrouwe rîche
mit vorhten tougenlîche,

was ich alles um seiner Frau willen getan habe,
so würde er ihr befehlen, zu mir zu gehen,
wüßte er, daß ich hier auf sie warte,
selbst wenn sie ihm dort noch so sehr fehlte.«
Deswegen saß er voll Trauer herum,
war äußerst müde und matt,
wütend und verdrossen,
und verhielt sich so, als ob er
sich zum Ausruhen kurz hinlegen wollte.
Die Zofe sprach freundlich,
als sie sah, wie sehr ihn alles ärgerte:
»Warum legt Ihr euch nicht in meinen Schoß
und ruht Euch aus, bis meine Herrin ankommt?
Das würde Euch sehr helfen:
Ihr seid so müde und erschöpft.«
»Ich täte es schon, wüßte ich nur genau,
daß ich aufwachen könnte,
bevor mich meine Geliebte
schlafend vorfände. Denn wenn sie käme,
und ich sie nicht grüßte,
weil ich schliefe, so würde ich niemals mehr froh werden.«
Die Zofe antwortete ihm:
»Darum kümmere ich mich, verlaßt Euch auf mich!«
»Wollt Ihr das wirklich tun?« »Ja.« »Gut, so werde ich schlafen.«
Darauf legte er seinen Kopf,
so wie sie es ihm erlaubt hatte,
in ihren Schoß und schlief gleich ein.
Mit ihm war es so bestellt:
Er hatte viele lange Nächte
darüber nachgedacht,
wie er sein Schiff verschwenderisch bauen sollte,
auf daß er sich Ansehen damit gewinnen würde.
Darum hatte er sich stets wohlweislich bemüht.
Nicht lange hatte er so gelegen,
als seine vornehme Herrin eintraf,
die durchaus etwas früher hätte kommen können,

diu lîhte ê komen möhte sîn.
dô wolde ouch daz magedîn
wecken den müeden man,
alse sî ir vrouwen vernan.
des wart diu grævinne gewar.
vürbaz gâhete sî dar;
sî hiez in ligen lâzen.
über den müeden man sie sâzen.
dô sprach diu vrouwe gemeit:
'ich weiz wol die wârheit,
daz ein man mit sînem lîbe
nie baz gediende wîbe,
danne mir diser hât getân.
solde ich in des ungelônet lân,
daz wære ein solichiu sünde,
die ich nimmer überwünde.
ich vernam sô verre sîne klage,
daz ich im hiute an disem tage
wolde lônen sîner arbeit.
mit lône bin ich hie bereit;
nû liget er alse ein tôtez schâf;
im ist lieber danne mîn ein slâf.
möhte er sîn slâfen hân gespart,
wære ich mit im niht unbewart,
daz hân ich vil wol erwarn.
nû sal ich mich baz bewarn.
möhte ich im sô liep sîn,
er hæte baz gewartet mîn.
iedoch koste in hiure
kein gemach sô tiure:
sîn slâf hât mich im benomen,
swaz er im hernâch müge gevromen.'
  Dô sprach aber daz magedîn:
'des müeze gote geklaget sîn
dîner geverte!
daz ist ein rede herte,

heimlich und voll von Furcht.
Da wollte auch die Zofe
den müden Mann aufwecken,
als sie ihre Herrin kommen hörte.
Das bemerkte aber die Gräfin.
Sie eilte herbei
und befahl ihr, ihn nicht zu stören.
Sie saßen neben dem erschöpften Mann.
Da sprach die liebliche Frau:
»Ich weiß genau, was dies bedeutet,
daß nämlich ein Mann durch ritterliche Leistungen
niemals besser einer Frau Dienst geleistet hat,
als dieser es für mich getan hat.
Sollte ich ihn dafür ohne Belohnung lassen,
so wäre das eine solche Sünde,
die ich niemals büßen könnte.
Ich habe so lange seine Klagen vernommen,
daß ich ihm heute, genau an diesem Tag,
die Mühen seiner Leistungen belohnen wollte.
Hier bin ich nun mit meiner Belohnung:
Da liegt er aber wie ein totes Schaf.
Ihm ist der Schlaf wichtiger als ich es bin.
Wenn er sich des Schlafes erwehrt hätte,
so stände mir nun sein Schutz zur Verfügung;
das Gegenteil habe ich sehr wohl festgestellt
und muß mich nach besserem Schutz umsehen.
Wenn ich ihm wirklich so lieb bin,
dann hätte er besser auf mich gewartet.
Heute kostet ihn
kein Zimmer mehr als dieses:
Sein Schlaf hat mich ihm geraubt,
ganz gleich, was er ihm später nützen wird.
Da sprach aber die Zofe:
»Darum sei bei Gott
dein Schicksal beklagt!
Das sind mißliche Worte,

die mîn vrouwe erhaben hât.
wie sal ich von der missetât
werden ie mêre erlôst?
jâ sliefe dû ûf mînen trôst.
daz wil ich immer gote klagen,
daz dîn müeder lîp zerslagen
ie wart gegeben in mîn gewalt,
sît dû von mînen schulden salt
dîn dienest allen hân verlorn.
ôwê, daz ich ie wart geborn
alsô schedelîchen dir!
vrouwe, ir sult gelouben mir:
obe man die schande
ervert in dem lande,
sô kumet ir nimmer mêre
wider an iuwer êre,
unde mac iu wesen leit,
begât ir dise unhövescheit.
ich wæne ouch niht, daz iemen lebe,
der ie mêre ûf lônes gebe
gedienet, wirt im ditz bekant;
sô ist iuwer zorn niht wol bewant.
daz diu werlt mit disem schaden
von iuwern schulden ist geladen,
ditz ist uns wîben ein misseval,
daz sich ein man niht lâzen sal
an unser keine nimmer mê.
nû seht, wie iu daz anestê.
ir sult ez im niht leiden.
die man sint sô bescheiden,
daz iegelîcher minner tuot
durch diu wîp, danne uns wære guot.
durch got, vrouwe, gedenket iu:
hie ist niemen wan wir driu:
nû heizet in ûfstân!
solde er alsô verlorn hân,

die meine Herrin geäußert hat.
Wie werde ich jemals von dieser Schande
erlöst werden können?
Du hast dich ja auf meinen Zuspruch hin schlafen gelegt.
Darum will ich stets zu Gott klagen,
daß dein müder und erschöpfter Körper
mir je anvertraut worden ist,
da du allein meinetwegen
die Belohnung für deinen Dienst verlieren sollst.
O je, warum bin ich überhaupt geboren worden
dir zum großen Unheil!
Herrin, Ihr müßt mir glauben:
Wenn man diese üble Tat
im Land erfährt,
so gewinnt Ihr niemals mehr
euer altes Ansehen wieder,
und es wird Euch sehr leid tun,
wenn Ihr diese unhöfische Tat vollbringt.
Ich glaube auch nicht, daß irgend jemand lebt,
der überhaupt noch mit Hoffnung auf Belohnung
Frauendienst leisten wird, wenn ihm dies bekannt wird.
Euer Zorn ist unberechtigt.
Daß die Welt mit dieser schändlichen Tat
allein Euretwegen beladen wird,
das ist uns Frauen gar nicht recht,
vor allem, da sich dann ein Mann
niemals mehr um uns bemühen wird.
Nun schaut, wie sich diese Tat für Euch schickt.
Ihr solltet ihm dies nicht antun.
Die Männer sind so umsichtig und klug,
daß jeder Liebende bei solchem Dienst
uns Frauen nur das leistet, was uns zu Ehren gereicht.
Um Gottes willen, Herrin, bedenkt euch:
Niemand außer uns dreien ist hier.
Befehlt ihm aufzustehen!
Sollte er seinen Lohn auf diese Weise verloren haben,

dâ verlürn lîhte sehzic mite,
der iegelîcher gerne lite
von guoten wîben kumber doch,
obe im würde gelônet noch.
wirt in daz von iu benomen,
sô sît ir übele her bekomen.
weist diu werlt âne wîbes lôn?
lebete der künec Salomôn,
er künde niht gerâten baz.
slæfet er, weist umbe daz?'

Dô sprach diu grævinne:
'mir ist leit, daß ich mich minne
ie underwant sô verre.
ich vürhte, daz ez mir gewerre.
swem ze der minne ist alze gâch,
dâ gât vil lîhte schade nâch.
swer sich an gæhe minne lât,
ich sage, wie ez dem ergât:
alse der ein netze stellet
unt selbe dar în vellet,
alsô vâhents selbe sich.
des wil ich bewaren mich.
ich wil ouch gerner wesen vrî,
danne ich deheines mannes sî.
die man sint unstæte.
swaz ich durch disen tæte,
daz wære ein offeniu bîhte:
sô ervunden morgen lîhte
drî oder viere,
dar nâch drîzec schiere
unser zweier brûtlouft.
sô wære mîn êre verkouft
umbe harte kleinen gewin.
von diu wil ich sîn, alse ich bin.'

Dô sprach aber zir diu maget:
'ir hât daz ergeste gesaget,

so verlören mit ihm leicht sechzig andere Männer,
von denen ja jeder bereitwillig
im Namen der Frauen Kummer erlitte,
wenn ihm eine Belohnung dafür gegeben würde.
Wenn Ihr Moriz diese verwehrt,
so seid Ihr zu Unrecht hierher gekommen.
Was ist die Welt ohne den Lohn der Frauen?
Wenn König Salomon noch lebte,
könnte er keinen besseren Rat geben.
Zwar schläft er, das macht doch nichts aus?«
Da antwortete die Gräfin:
»Es tut mir leid, daß ich mich je
der Minne so weit unterworfen habe.
Ich fürchte, daß sie mir Schaden antut.
Wen es zu sehr nach der Liebe drängt,
dem folgt leicht das Unglück nach.
Ich erzähle dir, wie es dem ergeht,
der sich der ungestümen Liebe ergibt:
nämlich so wie dem, der ein Netz aufstellt
und dann selber hineinfällt.
Genau in der Weise fangen sie sich selber.
Davor will ich mich hüten.
Ich will auch lieber frei bleiben,
anstatt die Geliebte eines Mannes zu werden.
Die Männer sind doch alle untreu.
Was ich für diesen hier täte,
das wäre ein öffentliches Geheimnis:
Am nächsten Tag würden leicht
drei oder vier herausfinden,
danach gleich dreißig weitere,
daß wir eine Liebesbeziehung haben.
Und schon hätte ich mein Ansehen verkauft
nur um eines kleinen Preises willen.
Deswegen will ich so bleiben, wie ich jetzt bin.«
Da erwiderte ihr erneut die Zofe:
»Ihr habt das Allerschlimmste geschildert,

daz iu her nâch mac geschehen:
des besten sult ir iuch versehen.
ez wære guot, ders alle mite:
nie enliez uns der alte site,
wir enmüezen tuon unde lân,
als noch ie diu wîp hânt getân.
nû wecket in, wan ez ist zît.
swie unbetwungen ir noch sît,
ir wizzet doch, daz Minne
ist meister aller sinne.'
'ichn vürhte deheine ir meisterschaft,
daz sî mit bete ode mit ir kraft
an mir iemêre gesige.
sô gevüege, daz der man hie lige,
biz ich wider în gê;
sô sage im, daz er ûf stê
unt ze sîner herberge vare.
bit in, daz er sich baz beware,
daz ist hernâch sîn gewin.'
hie mite gienc sî wider în.

Dô gewan diu juncvrouwe guot
einen trûregen muot,
daz der hêrre schanden blôz
sîner stæten minne nie genôz,
unt begunde sie twingen
vorhte von den dingen:
daz er sie ze huote erkôs
unde dar nâch sô wîselôs
solde varen unt lônes âne.
nû erwachete er von wâne.
zehant alse er ûf sach,
ze der juncvrouwen er dô sprach:
'ich slief sô unsanfte nie.
ich wânde, mîn vrouwe wære hie
unt wolde niht mîn grüezen.
wie möhte ich daz gebüezen?

was Euch später passieren kann:
Ihr solltet vielmehr nach dem Allerbesten streben.
Es ist durchaus gut, wenn man alle Übel vermeidet:
Nie verlor für uns die alte Erfahrung ihre Geltung,
daß wir uns so verhalten müssen,
wie es Frauen bisher noch immer getan haben.
Weckt ihn also auf, denn es ist Zeit.
Auch wenn Ihr bisher nicht unterworfen seid,
so wißt Ihr doch, daß Frau Minne
die Meisterin aller Sinne ist.«
»Ich fürchte mich überhaupt nicht vor ihrer Herrschaft,
die sie mit Bitten oder mit Gewalt
über mich gewinnen könnte.
Laß also den Mann hier liegen,
bis ich wieder weggegangen bin;
sage ihm dann, daß er aufstehe
und zurück zu seiner Herberge gehe.
Fordere ihn auf, daß er sich besser vorsehe,
denn das bringt ihm nachher Gewinn.«
Mit diesen Worten ging sie wieder fort.
Da erfüllte die gute Zofe
eine große Traurigkeit darüber,
daß der untadelige Mann
seine Liebe niemals genießen sollte.
Furcht begann sie
deswegen zu bedrücken,
denn er hatte sich in ihren Schutz begeben
und sollte nun so völlig sang- und klanglos
und ohne Belohnung davonreisen.
Da erwachte er aus seinem Traum.
Sogleich schaute er sich um
und sprach zu der Zofe:
»Noch nie schlief ich so unruhig.
Ich meinte, meine Geliebte sei hier gewesen
und wollte mich nicht begrüßen.
Wie könnte ich dies wiedergutmachen?

obe ich nû ir hulde
verlüre von mîner schulde,
sô müese ich trûren immer mê.'
dô sprach diu juncvrouwe: 'ôwê,
müede unde unnütze barn
wir beide hân missevarn.
mîn vrouwe hât missetân,
des müeze sî immer schaden hân:
ir hât ir êre verlorn
ein unwîplîcher zorn.
ich wil es wol getrouwen,
es habe sie sider gerouwen,
daz sî geheizen hâte.
sî quam harte drâte
ûf unwizzenden mich –
zewâre des zornes vorhte ich –
unt sach umbe allenthalp:
dô quam sî rehte alse ein alp
ûf mich her geslichen;
sî was vor vorhte erblichen.'

'dô solt ir mich gewecket hân!'
'daz hæte ich gerne getân,
wan daz sî ez sêre verbôt.
dô was ich schiere alse tôt.'
'daz sî iht durch güete tæte!
nû hân ich ir unstæte
allerêrste rehte bekant.
sô ist mîn dienest unbewant'
(sprach der lobes rîche)
'unt muoz kumberlîche
immer mînen schaden tragen.
waz hiez sî aber mir gesagen?'

Wenn ich nun ihre Gnade
wegen meines Vergehens verlöre,
so müßte ich immer voll Trauer sein.«
Da sprach die Zofe: »O weh,
müde und nutzlose Kinder,
wir sind beide ins Unglück geraten.
Meine Herrin hat übel gehandelt,
deshalb wird sie immer Schande davontragen:
Ihr Ansehen ist ihr
durch unweiblichen Zorn zerstört worden.
Ich bin sicher,
daß es sie mittlerweile schon gereut hat,
daß sie mir solch einen Befehl gab.
Sie kam so schnell herbei,
ohne daß ich sie vermutete.
In der Tat, ich hatte Angst vor ihrem Zorn
und suchte überall Schutz:
Aber sie kam genau wie ein Geist
zu mir hergeschlichen;
sie war vor Furcht ganz bleich geworden
[oder sie zeigte damit
ihr unbeherrschtes und schändliches Verhalten.]«
»Ihr hättet mich wecken sollen!«
»Das hätte ich auch gerne getan,
nur hat sie es mir streng verboten.
Ich war erstarrt wie eine Tote.«
»Daß sie sich doch von Güte hätte bestimmen lassen!
So habe ich ihre Untreue
endlich ganz und gar erkannt.
Damit bleibt mein Dienst vergeblich«,
sprach der hochangesehene Mann,
»und muß voll Trauer
und auf immer meinen Schaden hinnehmen.
Was trug sie dir aber auf, mir auszurichten,
[als sie wieder von hier fortging?«
»Nichts, als daß ich Euch hier liegen]

'wan daz ich iuch ligen lieze
unde dar nâch varen hieze
wider ziuwerm gemache.'
'daz wære ein vremediu sache,
solde ich nû gemach hân,
sît mir alsô ist ergân.
der slâf hât gemachet,
daz mîn schade wachet
wârlîche lange zît.
vrouwe, sît ir schuldic sît,
sô tuot wan ein dinc durch mich.'
'zewâre, hêrre, daz tuon ich,
gevüeget ez sich immer sô.'
'mîn vrouwe hât mich unvrô
gemachet: daz geloubet mir.
gât wider umbe got zuo zir
unt bittet sie vil sêre
durch aller vrouwen êre,
daz sî ir zorn mâze
unt mich sus niht lâze.
wil aber sî mich armen
durch got niht erbarmen,
daz ist ein hertez mære.
ir lôn ist mir ze swære,
dâ mite sî mir vergolten hât
ze schiere mîne missetât.'
er mande sie mit schœner bete,
unz daz sî ditze durch in tete.

Dô gienc diu maget guote
mit trûregem muote
wider zuo ir vrouwen.
ir sigen an die mouwen
die zeher unde ûf die hande.
sî klagete gote die schande,
die ir vrouwe tuon wolde.
doch tete sî, als sî solde,

und schlafen lassen und
dann wegzugehen befehlen sollte,
zurück zu Eurem Zeltlager.«
»Das wäre ja wirklich äußerst seltsam,
wenn ich mich nun ausruhte,
da es mir so schlecht ergangen ist.
Der Schlaf hat es verursacht,
daß mein Unglück
lange Zeit wach bleiben wird.
Frau, da Ihr schuldig seid,
so tut mir zumindest einen Gefallen.«
»Sicherlich, Herr, das will ich gerne tun,
wenn es sich machen läßt.«
»Meine Geliebte hat mich unglücklich
gemacht: Glaubt mir das wohl.
Geht um Gottes willen zu ihr zurück
und bittet sie inständig
zu Ehren aller Frauen,
daß sie ihren Zorn bändige
und mich nicht so zurücklasse.
Hat sie aber für mich Trostlosen
selbst um Gottes willen kein Erbarmen,
dann wäre das wirklich ein unglaublicher Vorfall.
Ihre Belohnung ist für mich zu schwer zu erreichen,
mit der sie mir mein falsches Benehmen
zu rasch vergolten hat.«
Er bedrängte die Zofe mit inständigen Bitten,
bis sie sich ihm fügte und es für ihn tat.
Da ging die gute Dienerin
mit trübsinnigen Empfindungen
zurück zu ihrer Herrin.
Ihr fielen die Tränen
bis auf die Ärmel und die Hände.
Sie klagte Gott die Untat,
die ihre Herrin begehen wollte,
doch führte sie ihren Auftrag wunschgemäß aus,

wan er sie des hâte gebeten.
sî quam vil sanfte getreten
vür daz bette, dâ sî was.
daz deckelachens ûf las
unt ruorte ir sanfte die hant.
als schiere sôs ir dô enpfant,
sî sprach: 'wannen kumest dû?
oder waz wilt dû aber nû?'
'vrouwe, ich bin aber sîn bote
unt wil iuch biten bî dem gote,
der iu gap sêle unde lîp,
daz ir êret elliu wîp.
lât in sus niht hân verlorn!
ir müget unser drîer zorn
versüenen, alse iu ane stât,
daz ir zuo zim ûz gât.
swie veste ein herze wære,
obe ez sæhe den schaden swære,
der im von iu geschehen was –
unt wære ez als ein adamas,
ez würde weich von sîner klage.'
'Nû geloube mir, daz ich dir sage:
sîn schade wirt lîhte mêrre:
erwachet mîn hêrre
unt wirt er sîn innen,
sô kumt er nimmer hinnen.
von diu, sî er ein wîser man,
vare er abe wege, alse er quan.
dû weist niht, waz dû klaffest,
wan dû dich selben affest.
nû tuo dînen munt zuo:
ich wil slâfen unz vruo.'
umbe sî sich kêrte,
alse si ir zorn lêrte,
unt gebârte, alse sî sliefe.
dô ersûfte vil tiefe

denn er hatte sie darum gebeten.
Ganz leise trat sie
vor das Bett, in dem sie lag.
Sie hob das Bettuch auf
und berührte sanft ihre Hand.
Sobald diese das bemerkte,
sagte sie: »Woher kommst du?
Was willst du denn jetzt?«
»Herrin, ich bin seine Botin
und will Euch im Namen Gottes bitten,
der Euch Seele und Leben gab,
daß Ihr allen Frauen Ehre erweist.
Laßt ihn nicht so ohne Belohnung ausgehen!
Ihr könnt uns drei versöhnen,
wie es Euch ansteht,
wenn Ihr zu ihm nach draußen geht.
So verhärtet auch ein Herz wäre,
wenn es den großen Schaden betrachtete,
der ihm von Euch angetan worden ist –
und wäre dieses Herz auch aus Diamant –,
so würde es von seiner Klage erweichen.«
»Nun glaube mir aber, was ich dir jetzt sage:
Sein Schaden wird sich leicht noch vermehren.
Wenn mein Mann aufwacht
und ihn wahrnimmt,
so gelangt er nie mehr von hier weg.
Deswegen, wenn er klug ist,
soll er sich entfernen, wie er gekommen ist.
Du weißt ja nicht, was du schwatzt,
du machst dich ja selber zum Narren.
Mach deinen Mund zu:
Ich will bis morgen früh schlafen.«
Darauf drehte sie sich um,
ganz von Zorn erfüllt,
und tat so, als ob sie schliefe.
Da seufzte die Zofe tief

diu maget unt weinde ditze leit.
stille swîgendes dannen schreit.
Dô begunde ouch in erlangen. *1513*
er was nâch ir gegangen *1514*
zer tür unt beite, biz sî quam. *1515*
als er diu mære vernam, *1516*
dô wart sîn herze rouwen, *1517*
unt sprach iedoch mit trouwen: *1518*
'vrouwe, ich wil mich gote ergeben. *1519*
mir ist unmære daz leben. *1520*
nû wil ouch ichz verliesen hie, *1521*
ich enspreche selbe wider sie. *1522*
ich wil dar în zuo zin gân *1523*
unt vernemen, waz ich habe getân.' *1524*
An die tür er sêre dructe, *1525*
ûf hôher er sie ructe *1526*
unt gienc harte drâte *1527*
in die kemenâte. *1528*
(nû bran ein lieht in einem glas, *1511*
daz alle naht dâ inne was.) *1512*
er was gezieret niht ze vil, *1530*
rehte als ich iu sagen wil: *1529*
in hâten slege alsô gemuot,
daz im von der stirne daz bluot
vür diu ougen was gegangen
unde an die brân gehangen.
dâ sach er ûz mit zorne
der vrume wol geborne
alse ein lewe nâch der spîse
sleich er harte lîse,
dâ sie sliefen beide.
dem grâven was vil leide;
alse ein rouwec man er lac,
der vor sorgen slâfen niht enmac.
vil dicke er erschricte,
daz er ûf blicte,

und beweinte dieses Unglück.
Schweigend schritt sie dann davon.
Nun schien es aber Moriz zu lange zu dauern.
Er war hinter ihr hergegangen
bis zur Tür und wartete, bis sie kam.
Als er die Geschichte vernahm,
da zog sich sein Herz vor Schmerz zusammen,
doch sprach er mit Nachdruck:
»Frau, ich ergebe mich ganz Gottes Willen.
Das Leben bereitet mir keine Freude mehr.
So will ich es auch hingeben,
es sei denn, ich kann mit ihr selber sprechen.
Ich will zu ihnen hineingehen
und anhören, wessen ich mich schuldig gemacht habe.«
Er drückte mit Kraft gegen die Tür –
mit einem Ruck hob er sie hoch
und ging dann schnell
in das Zimmer hinein.
(Dort brannte eine Kerze in einem Glas,
das jede Nacht dort stand.)
Er sah nicht sehr gut aus,
hört nur, wie ich ihn euch beschreiben werde:
Die Schläge hatten ihm so zugesetzt,
daß ihm das Blut von der Stirn
bis auf die Augen herabgeflossen war
und an seinen Brauen hing.
So sah in seiner Wut
dieser hochgeborne und edle Mann
wie ein Löwe aus, nachdem er gefressen hat.
Er schlich ganz leise dorthin,
wo die beiden schliefen.
Der Graf fühlte sich tief bedrückt;
wie ein reuevoller Mann lag er da,
der vor lauter Sorgen nicht schlafen kann.
Oftmals schrak er auf
und sah um sich,

wan er sus mit gedanken ranc.
dar nâch slief er über lanc.
unlange tete er daz.
her Maurîcius gienc vürbaz.
sîn wambes was zerbrochen, *1557*
durchslagen unde durchstochen, *1558*
bluotec unt verhouwen. *1559*
der hêrre trat zer vrouwen; *1560*
sîner hosen eine *1549*
an dem rehten beine *1550*
erklanc ûf den esterich. *1551*
dô sach der grâve über sich; *1552*
er schrê, unt mit munde *1553*
keinen segen er sprechen kunde; *1554*
mit zêter er gemachte, *1555*
daz ouch diu vrouwe erwachte: *1556*
'uns ist der tiuvel nâhen bî,
swannen er her bekomen sî,
oder daz wüetende here.
ez ensî, daz uns got nere,
sô verliesen wir den lîp.'
er vorhte im harter dan sîn wîp;
sî bekande den helt sâ.
der grâve sprach: 'wer gât dâ?'
'daz wil ich iu gerne sagen:
daz ist er, den ir hât erslagen.
ir müezet mîn geselle
immer sîn zer helle,
des enist dehein rât,
sît ir mich dar gevrumet hât.'
der wirt vor vorhten erschrac
unt spranc ûf, dâ er lac,
dô im ditz wunder erschein,
unt stiez sich an ein kinnebein,
daz er alle die naht
lac in sîner âmaht.

weil er mit so schweren Gedanken kämpfte.
Nach einer Weile schlief er wieder ein.
In kurzen Abständen erging es ihm so.
Herr Moriz ging weiter in das Zimmer hinein.
Sein Wams war zerrissen,
durchschlagen und durchstochen,
blutig und zerhauen.
Der Mann trat zu seiner Geliebten.
Die eine Hosenschiene
auf der rechten Seite
schlug klirrend auf dem Boden auf.
Da blickte der Graf hoch;
er schrie laut auf und konnte darauf
noch nicht einmal einen Segen sprechen.
Sein Angstgeschrei
weckte auch die Frau auf:
»Der Teufel ist ganz nah bei uns,
woher er auch gekommen sein mag,
oder das wilde Heer der Verdammten.
Wenn uns jetzt Gott nicht hilft,
so verlieren wir unser Leben.«
Er hatte mehr Angst vor ihm als seine Frau;
sie erkannte den Helden gleich.
Der Graf rief: »Wer geht denn da?«
»Das will ich Euch gerne sagen:
Das ist derjenige, den Ihr erschlagen habt.
Ihr müßt jetzt für immer
mein Begleiter in der Hölle sein,
da gibt es keine Hilfe dagegen,
weil Ihr mich dorthin gebracht habt.«
Der Hausherr erschrak ganz fürchterlich
und sprang aus dem Bett heraus,
als er diese Erscheinung erblickte,
und stieß sich so an sein Schienbein,
daß er die ganze Nacht
ohnmächtig liegen blieb.

Alse ditz der ritter gesach,
er gienc zem bette unde sprach:
'ditz bette ist halbez lære:
ichn weiz, wer hie wære,
ich wil hie geruowen an.'
daz deckelachen tete er dan,
er slouf zuo ir hinunder.
daz was ein michel wunder;
darzuo sî enwiste an dirre nôt,
ir man lebete od wære tôt.
sî getorste zuo im niht komen;
ir hâte der vreche benomen
beide witze unde sin;
iedoch sprach sî wider in:
'ir sît der küeneste man,
des ich ie kunde gewan,
daz irz sô tiure wâget.
ir hât niht gevrâget,
obe ich ez wolde oder niht.
ich wæne, ein wunder hie geschiht,
dâ von man immer mære saget,
biz der jüngeste tac betaget.'
sî gedâhte: 'ez ist kein rât,
sît ez sich sô gevüeget hât:
ich muoz nû tuon unde lân,
swaz er mit mir wil begân.
nû lîde ichz guotlîche,
daz im sîn zorn entwîche.'
sî kuste in unde kuste in aber.
dehein antwurt engab er,
swes sî in gevrâgete.
dô sie des betrâgete,
sî begreif in mit den armen.
nû begunde ouch er erwarmen
unde tete der vrouwen ichn weiz waz.
waz hulfe ez, sagete ich iu daz?

Als der Ritter dies erblickte,
ging er zu dem Bett hin und sagte:
»Dieses Bett ist halb leer:
Ich weiß nicht, wer hier sein sollte,
also ruhe ich mich auf ihm aus.«
Er schob die Bettdecke weg
und schlüpfte zu ihr hinein.
Das war eine unerhörte Tat,
dabei wußte sie in ihrer Not nicht einmal,
ob ihr Mann tot oder lebendig war.
Sie getraute sich nicht, zu Moriz zu kommen;
der verwegene Mann hatte ihr
Sinn und Verstand geraubt;
dennoch sagte sie zu ihm:
»Ihr seid der wagemutigste Mann,
von dem ich je gehört habe,
weil Ihr Euch so weit vorwagt.
Ihr habt mich noch nicht einmal gefragt,
ob ich dem zustimme oder nicht.
Ich glaube, hier geschieht etwas Ungeheuerliches,
wovon man immer berichten wird
bis an den Jüngsten Tag.«
Sie aber dachte bei sich: »Hier gibt es keinen Ausweg,
da es sich nun so ergeben hat,
muß ich alles tun und lassen,
was er mit mir machen will.
Am besten erdulde ich es mit guter Miene,
so daß sich sein Zorn legt.«
Sie küßte ihn und dann noch einmal.
Er aber gab ihr keine Antwort,
wonach sie ihn auch fragte.
Als ihr das zu lange dauerte,
umarmte sie ihn.
Da wurde auch er munter
und machte mit der Frau – ich weiß nicht, was.
Was nützte es, wenn ich es euch sagte?

ez ist ungesaget alsô guot,
ir wizzet wol, waz man dâ tuot.

Ûf stuont der wîgant
unt nam von sîner wîzen hant
ein vingerlîn drâte,
daz sî im gegeben hâte.
er sprach: 'nemet wider iuwer golt,
ich wil iu nimmer werden holt.
ir sît unverwizzen!
ich hân mich ie gevlizzen,
swaz ich gedienen kunde,
daz ich iu des wol gunde,
unz hînaht an dise zît,
wæren elliu wîp alse ir sît,
ichn gediende keiner nimmer mê.
nû ziuwerm manne (dem ist wê)
unt habet den lîp âne êre!
ich vergilte iu nimmer mêre
disen lasterbæren roup.'
Alsô nam er urloup
unt vuor sît dicker unde mê,
danne er tete dâ vor ê,
dô er umbe sie sich muote.
mit maneger slahte guote
er koufte lop und êre.
dô gerou ez sie vil sêre,
sît man im sô wol gesprach,
daz im ie leit von ir geschach,
unt gienc ir sô nâhen,
daz wol die liute sâhen
unt marcten alle garwe,
dazs wandel nam ir varwe.
sî gedâhte: 'ez ist reht unde wol,
daz ich von schulden kumber dol.

Unausgesprochen ist es genauso deutlich,
denn ihr wißt ja nur zu gut, was man dabei tut;
[und genauso machten sie es auch.
Als nun das Spiel vorbei war,]
stand der Held auf
und zog von seiner weißen Hand
rasch einen Ring ab,
den sie ihm einst gegeben hatte.
Er sprach: »Nehmt Euren Schmuck zurück,
ich werde nie mehr Euer Geliebter sein.
Ihr seid unverständig!
Ich habe mich immer bemüht,
ganz gleich welchen Dienst ich leisten konnte,
diesen auch für Euch auszuführen
bis heute zu dieser Nacht.
Wenn alle Frauen so wären wir Ihr,
würde ich keiner einzigen jemals mehr dienen.
Geht nur zurück zu Eurem Ehemann (er leidet),
seid zufrieden und lebt künftig ohne Ehre!
Ich werde Euch niemals bestrafen
für diesen schandhaften Raub meiner Ehre.«
So entfernte er sich
und reiste seitdem noch viel mehr,
als er vorher getan hatte,
da er sich noch um sie bemüht hatte
mit großem Aufwand.
Er erwarb sich hohes Lob und Ansehen.
Da reute es die Frau sehr,
daß sie ihn verletzt hatte,
weil man mit solcher Hochachtung von ihm sprach.
Dies ging ihr so nahe ans Herz,
daß die Leute sahen
und es gut bemerkten,
wie sich ihre Farbe veränderte.
Sie dachte bei sich: »Es geschieht mir recht,
daß ich wegen meiner Schuld Kummer ausstehe.

vür grôze liebe dol ich leit.
dar umbe trage ich arbeit,
die ich mir selbe gewan.
solde ich aber wünschen einen man
ze dienste mînem lîbe,
wie möhte er danne wîbe
sîn rehter unde baz geborn
danne er, den ich hân verlorn?
des wil ich vluochen der zît,
dô mich mîn unrehter strît
ane streit, unz er mich überwant;
ich hân mich selben geschant.
des schaden würde guot rât:
ich binz, diu die schande hât
al die wîle, sô ich lebe,
ez ensî, daz mir got gebe
daz heil unde die sinne,
daz er mich von herzen minne.'
daz marcte diu juncvrouwe,
unt tete niht wan mit trouwe.
swenne dem manne missegât,
swer danne helfe unde rât
an sînen vriunt kêret,
wie der sich selben êret!
wan rât ist bezzer enzît
dan helfen, sô der man gelît.
Ditz was an der stunde,
dô ez sumeren begunde.
diu vogelîn in dem walde
lûte unde balde
sungen manege stimme;
die rôsen unde die brimme
bluoten alle enwiderstrît:
ez was rehte an der zît,
dô man unvröude hazzet;
sich hâte aber gevazzet

Anstelle großer Freude ertrage ich Leid.
Ich erdulde die Mühsal,
die ich mir selber aufgeladen habe.
Sollte ich mir wieder einen Mann wünschen,
der mein Geliebter sein könnte,
wie könnte er denn besser für Frauen
geschaffen und geboren sein
als der, den ich verloren habe?
Daher verfluche ich die Stunde,
da mich ein unangemessener Trotz
angriff und mich dann überwand;
ich habe mich selber geschändet.
Und gäbe es auch guten Rat gegen den Schaden:
ich bin es, die die Schande trägt
so lange, wie ich leben werde,
es sei denn, Gott gäbe mir
Glück und Verstand,
daß er mich wieder von Herzen liebte.«
Dies hatte die Zofe bemerkt,
und sie hat durchaus als treue Dienerin gehandelt.
Wenn es einem Menschen schlecht ergeht,
wer dann mit Hilfe und Rat
dem Freund beisteht,
wie ehrt der sich selber!
Denn ein Ratschlag beizeiten nützt mehr,
als dann, wenn der Mensch schon am Boden liegt.

Dies ereignete sich zur Zeit,
als der Sommer begann.
Die Vögel im Wald
sangen mit lauten und kräftigen
Stimmen in allen Tonlagen;
die Rosen und der Ginster
blühten alle im Wettstreit miteinander.
Dies war genau die Zeit,
in der man Trauer vermeidet;
da hatte sich auch der Wald

der walt unde schœniu kleit
gegen dem sumer ane geleit;
diu loup grüene, darunder gras,
daz schône gemieset was,
mit maneger hande blüete:
ditz machet guot gemüete,
swer an vröude hât gedanc,
unde ouch der vogele süezer sanc.
Vruo an einem morgen,
dô sî enmohte vor sorgen
geslâfen noch vor rouwe,
ûf stuont diu vrouwe.
dô gienc sî durch ir trûren,
dâ über die burcmûren
ein loube was gehangen;
dar quam sî eine gegangen.
in ein venster sî gestuont,
als senendiu wîp dicke tuont,
den leit von minne ist geschehen;
diu muoz man trûrende sehen.
alsô was ez ir ergân.
ir wîzen hant wol getân
leites an daz wange
unt loste dem vogelsange:
dô sanc . . . diu nahtigal.
sî sprach: ‘wol in, der leben sal
mit vröuden, alse ich tæte,
obe ich mirz gestatet hæte.
nû muoz ich immer mêre
mit grôzem schaden an êre
mîne jugent verslîzen.
wem sal ich daz nû wîzen,
daz ich hinvür vergebene
einem tôtlîchen lebene
muoz sîn bereit unde undertân?

mit einem schönen Gewand
für die Sommerzeit geschmückt;
das grüne Laub, darunter Gras,
mit Moos durchwachsen
und voll der verschiedensten Blumen:
Dadurch werden alle diejenigen Menschen froh,
die sich der Freude gern ergeben
und auch dem süßen Vogelgesang.
Früh an einem Morgen,
als sie vor lauter Sorgen und Reue
nicht schlafen konnte,
stand die Frau auf.
Sie ging wegen ihrer Trauer
dorthin auf die Zinnen,
wo eine Laube errichtet war.
Sie ging ganz alleine dorthin.
Sie stellte sich in ein Fenster,
wie es sehnsuchtsvolle Frauen oft tun,
denen aus Liebe Kummer erwachsen ist
und die man deswegen trauern sieht.
So war es auch ihr ergangen.
Ihre gut gepflegten weißen Hände
legte sie an ihre Wange
und lauschte dem Vogelgesang:
Die Nachtigall sang besonders lieblich.
Da sprach sie: »Wohl dem, der leben darf
in Freuden, wie es mir ergangen wäre,
wenn ich es mir selber erlaubt hätte.
Nun muß ich aber immerfort,
ohne Ehre und Ansehen zu genießen,
meine Jugend vor der Welt verbergen.
Wen kann ich dafür bezichtigen,
daß ich von nun an nutzlos
mich auf ein dem Tod gleiches Leben
vorbereiten und ihm unterwerfen muß?

des gunde mir, von dem ichz hân.
daz muoz gote sîn geklaget.'
  Nû was diu juncvrouwe, ir maget,
geslichen ouch durch baneken dar
unt hôrte ir vrouwen klage gar.
swie schuldec sî wære,
sie muote noch ir swære,
daz sî dâ mohte niht gestân
unt wolde wider în gân;
ir klage was sô jâmerlich.
dô sach diu vrouwe hinder sich
unt sprach zehant wider sie:
'bistû deheine wîle hie?'
'jâ. ich hân ez gar vernomen,
daz iu ist in daz herze komen,
daz müejet mich unde ist mir leit.
ich sagete iu ê die wârheit:
dô mohtet ir des gelouben niet;
sô wizzet doch, daz ich iuz riet.'
'jâ, ich weiz an rehten trouwen,
der mich möhte vrouwen,
der swendet mîne sünde,
alse er stillet des meres ünde.
ichn mac nimmer werden vrô,
ez envüege sich mir sô,
daz er mich noch vrô gesetze
unde ouch mit güete ergetze,
von dem ich disen kumber trage
beide naht unde tage.
mich rouwet, daz im ie geschach
von mir dehein ungemach;
diu rouwe kumet ze spâte.
hæte ich dînem râte
gevolget, daz wære guot.
swer âne rât tücke tuot
nâch sînem willen vür sich,

Der hat es mir gegönnt, von dem ich es habe.
Ich muß mich darüber bei Gott beklagen.«
Da kam die Zofe, ihre Dienerin,
auf ihrem Spaziergang dorthin
und hörte, wie ihre Herrin klagte.
Wie sehr diese auch selbst schuldig war,
so tat ihr doch ihr Kummer leid,
so daß sie sich nicht zurückhalten konnte
und zu ihr hineilen wollte.
Ihre Klage war so jammervoll.
Da blickte die Herrin hinter sich
und sprach gleich zu ihr:
»Bist du schon lange hier?«
»Ja. Ich habe es gehört,
was Euch auf dem Herzen liegt.
Das schmerzt mich und tut mir leid.
Ich hatte Euch früher schon die Wahrheit gesagt:
nur wolltet Ihr sie damals nicht glauben;
so seid Euch nun aber bewußt, daß ich Euch das Gegenteil riet.«
»Ja, ich weiß es gut,
der einzige, der mich glücklich machen kann,
ist der, der meine Sünde aufzuheben fähig wäre,
so wie er die Wellen des Meeres glättet.
Ich werde niemals mehr froh werden,
es sei denn, es fügte sich mir so,
daß der mich noch froh macht
und mir gütig meinen Kummer aufhebt,
er, der die Ursache für meine Schmerzen
sowohl bei Nacht als auch bei Tag ist.
Ich bereue es, daß ihm je von mir
auch nur irgendein Leid geschehen ist;
aber die Reue kommt zu spät.
Wäre ich deinem Rat
gefolgt, das wäre gut gewesen.
Wer den Rat in den Wind schlägt und sich gemein verhält,
nur nach seinem Willen,

den gerouwet alse mich.
ich wânde zandern zîten,
daz der wîbe strîten
ze rehte vür solde gân.
dâ von ich disen schaden hân.
nû ist daz reht von mir gebrochen:
er hât sich an mir gerochen
dâ mite, daz er mich mîdet.
mîn herze kumber lîdet
unt nôt unz an mîn ende.
an ditz gestracte gebende
bin ich von schulden gevallen.
von diu râte ich iu allen,
swer stæteclîcher minne
hinnen vür beginne,
daz der an mînen kumber sehe
unt hüete, daz im alsame geschehe.'

Nû lâzen dise rede varn.
tiuschiu zunge diu ist arn:
swer dar inne wil tihten,
sal die rîme rihten;
sô muoz er wort spalten
oder zwei zesamene valten.
daz tæte ich gerne, künde ich daz,
meisterlîcher unde baz.

der wird es wie ich später bereuen.
Ich habe einstmals gedacht,
daß es zurecht geschehe,
wenn die Frauen sich verteidigen.
Das hat mich jetzt ins Unglück gestürzt.
Ich habe mich dabei unrecht verhalten:
Er hat sich an mir gerächt,
indem er mich nun meidet.
Mein Herz wird Kummer
und Not bis an mein Lebensende leiden.
In dieses Fangnetz
bin ich zu Recht hineingeraten.
Daher empfehle ich euch allen,
daß, wer treue Liebe
von jetzt an pflegen will,
anhand meines Kummers lerne
und sich davor hüte, daß es ihm genauso ergeht.«
Nun beenden wir unsere Erzählung.
Die deutsche Sprache ist ärmlich:
Wer darin dichten will,
der muß, will er richtige Reime finden,
die Worte aufspalten
oder zwei zusammenbinden.
Ich täte das schon gerne, wenn ich es vermöchte,
gerne meisterlicher und besser.

Kommentar

[Titel] Im Titel vor dem eigentlichen Text im *Ambraser Heldenbuch* finden sich die folgenden, hier übersetzten Worte: »Von König Nero, einem Wüterich, der wie eine Frau schwanger sein wollte und deswegen aus reinem Mutwillen seine Mutter aufschneiden ließ« (2va). Der Schreiber hatte sich offensichtlich allein von der einleitenden Erzählung über die Verhältnisse im nach-augustinischen Rom beeinflussen lassen und übersah, daß der Dichter auf ganz anderes poetisches Material abzielte; zur Beurteilung des *Ambraser Heldenbuchs* verweise ich auf das Nachwort.

2 *auch* (Hs.), *iu* (Pr.).

5 *ẙmmer* (Hs.), *ie mêre* (Pr.). – Der Ritter war eine der dominanten Figuren der mittelalterlichen Gesellschaft (lat. *miles*). Die ihn tragende Ideologie entwickelte sich im wesentlichen erst im 12. Jh. und verbreitete sich schnell über ganz Europa, vgl. dazu Jaeger (1985). Der Pfaffe Konrad benutzte um 1170 für sein Heldenepos *Das Rolandslied* noch nicht die Begriffe *rîter* oder *ritter* und sprach dafür von *helede* oder *degene*. Erst mit Hartmanns von Aue *Erec* (um 1180) wurde diese neue Terminologie in Anlehnung an frz. *chevalier* bei Chrestien de Troyes in Deutschland eingeführt; vgl. Arentzen/Ruberg (1987) S. 1 ff.

6 Im allgemeinen handelt es sich im Mittelalter um eine mündliche Kultur, und nur die Gebildeten wie Mönche oder Mitglieder der höchsten Adelsfamilien besaßen Lesekenntnisse. Dennoch ist es unangebracht, von Analphabetentum zu sprechen, da die Kommunikation teils schriftlich, teils mündlich durchgeführt wurde; vgl. Stock (1983). Der Dichter des *Moriz* trägt zwar seine deutsche Version mündlich vor, bezieht sich aber auf literarische Quellen, d. h., er verweist auf seine Autoritäten, was ganz und gar dem mittelalterlichen Selbstbewußtsein entsprach, denn man versuchte stets, seine eigenen Werke durch eine höhere Autorität abzusichern, zu legitimieren. In den Schlußversen greift der Dichter diesen Gedanken oder Topos wieder auf; dazu Wehrli (1984) S. 95 ff., bes. S. 100 ff. – *bequan* ist das Präteritum von *bekomen* ›kommen, gelangen, gedeihen, ereignen‹.

9–11 Offensichtlich unterscheidet der Dichter nicht zwischen Troja und Griechenland, schließlich galt ersteres als eine der unabhängigen griechischen Stadtrepubliken. Es handelt sich hier deutlich um die »Verritterlichung« der Antike bzw. »Verritterlichung des Geschichtssinns«; so Klassen (1938) S. 32; de Boor (1957) S. 23 f.; zuletzt Folz (1977) S. 120.

12 *dô* (Hs.), *sît* (Pr.).

14 Troja fiel um 1200 v. Chr. dem griechischen Angriff zum Opfer. Homers *Ilias* (8. Jh. v. Chr.) schildert dieses Ereignis, das als außerordentlicher Fixpunkt in der Menschheitsgeschichte angesehen wurde. Viele Dichter der verschiedensten Zeiten und der meisten Länder Europas entwickelten immer wieder die These, daß ihr jeweiliges Volk von den Flüchtlingen, insbesondere von Aeneas, d. h. aus Troja abstammte; so schon Vergil (*Aeneas*), dann im späten 11. Jh. das *Annolied*, im 12. Jh. die Kaiserchronik (V. 343 ff.) und Benoît de Saint-Maure (*Roman de Troie*), Heinrich von Veldeke (*Eneide*), im späteren Mittelalter *Sir Gawain and the Green Knight* u. a.; vgl. Ebenbauer (1984); ältere Literatur zu diesem Thema bei Folz (1977).

20–22 Dies sind die fünf Söhne des Priamus; vgl. auch Herborts von Fritzlar *Trojaroman*, V. 666 f.

31 *reichet* (Hs.), *ruowete* (Pr.).

33 *auch wol* (Hs.), *iu noch* (Pr.).

37 Aus griechischer Sicht verfaßte der Pseudohistoriker Dictys Cretensis (etwa zur Zeit Neros) sein angebliches Tagebuch (*Ephemeri belli Troiani*), aus trojanischer Sicht dagegen der Phrygier Dares (*De excidio Troiae*, etwa 1. Jh. n. Chr.); vgl. Ebenbauer (1984) S. 256.

38 *schreip unde las* formelhaft gebraucht.

40 Hier handelt es sich um einen der wichtigen Topoi mittelalterlicher Historiographie; vgl. dazu Beer (1981) und Guenée (1980).

43 *waren* (Hs.), *werten* (Pr.). – Offensichtlich vertritt der Dichter die Troja-freundliche Perspektive, wie er sie von Darius bzw. über seine diversen Quellen, z. B. Herbort von Fritzlar, Heinrich von Veldeke u. a., gelernt hatte; vgl. Folz (1977) S. 124 f.

51 *waren* (Hs.), *vâhten* (Pr.).

52 *offt* (Hs.), *offenlîche* (Pr.).

59 f. Der Dichter meint wohl die verschiedenen griechischen Republiken und Monarchien, die sich vereint gegen Troja gestellt hatten; der Einsatz des Wortes *wîgande* swm. bedeutet, daß sich der Dichter bei seinem historischen Bericht auf die vorhöfische Form des Rittertums bezieht.

63 *wolten* (Hs.), *wuoten* (Pr.). – Es handelt sich hier noch keineswegs um eine Form des klassischen Rittertums mittelalterlicher Ausprägung. Man könnte vielmehr annehmen, daß sich der Dichter auf die

vorhöfische Konzeption des Kämpfers bezieht, diejenige also, die in der Heldendichtung ihren poetischen Ausdruck fand (*Hildebrandslied*, *Ludwigslied*, *Nibelungenlied*, *Diu Klage*, *Kudrun* usw.). Um so interessanter ist es, wie die höfische Ideologie der klassischen Epoche durch Moriz vertreten wird; vgl. dazu Gerlitzki (1970) S. 33 f.

64 *starb* (Hs.), *stürbe* (Pr.).

76 *freůde* (Hs.), *vremede* (Pr.).

83 Ich übersetze *sie* als *sie, die Ritterschaft*. Denkbar wäre auch *sie, die Griechen*. Im ersten Fall wäre *schade* die Misere der »Ritterschaft«, im anderen der finanzielle Aufwand der Griechen.

85 *vnd* (Hs.), *umbe* (Pr.).

91 *im* (Hs.), *after* (Pr.).

92 In der mittelalterlichen Gesellschaft fand fast alles in der Öffentlichkeit statt, die durch einen festen Ehrenkodex festlegte, was als ehrenhaft, was als unwürdig und schandhaft zu gelten hatte.

95 *der* (Hs.), *den* (Pr.).

96 *ane danc*: eigtl. ›unfreiwillig, gegen ihren Willen‹.

97 *das* (Hs.), *des schaden* (Pr.). – Alexander d. Gr. (gest. 323) genoß bis in die Neuzeit außerordentliche Wertschätzung seitens der Nachwelt und stieg deswegen zum Helden vieler dichterischer Werke auf. Die wichtigsten mittelalterlichen Alexander-Romane oder -Darstellungen waren Walthers von Châtillon *Hexameterepos* (um 1180), Ulrichs von Etzenbach *Alexander* (13. Jh.), der spanische *Libro de Alexandre* und der holländische *Alexander-Roman* Jacobs van Maerlant; vgl. Hübner (1940) S. 187 ff.; Ebenbauer (1984) S. 268 ff. In der mittelalterlichen Historiographie wurde Alexander entweder als Grieche bezeichnet, der für die Griechen seine Eroberungen durchführte, oder als Ausländer, der für die Griechen diejenigen Länder zurückeroberte, die sie wegen ihrer moralischen Schwäche verloren hatten; vgl. Harvey, (1961) S. 67; Van d'Elden (1989) S. 4.

98 *schuld* (Hs.), *solt* (Pr.).

99 f. Als Kommentar von Hans Ried sind die Verse durchaus beachtenswert und werden deswegen in die Übersetzung in eckigen Klammern mit aufgenommen: *das ist doch ein vngeleiches leben. man / gab jn nu műssen sÿ geben* (Hs.).

101 *den* (Hs.), *diu* (Pr.). – *man* (Hs.), *ein man* (Pr.).

113 f. Dies ist der Ursprung der *translatio*-Theorie der Lehre des Übergangs griechisch-römischer Größe auf die germanisch-deutschen Reiche des Mittelalters; vgl. Goez (1958); Worstbrock

(1965). Im allgemeinen unterschied man vier geistesgeschichtliche Prozesse, die grundlegend für die Rezeption der Antike im Mittelalter waren: *translatio imperii*, *translatio studii*, *translatio religionis* und *translatio militiae*; vgl. Gentry (1983).

116–118 Jede Gesellschaft überträgt, wenn sie sich in der eigenen oder einer angeeigneten Vergangenheit spiegelt, ihre Vorstellungen auf frühere Zeitstufen. Genauso kann sich hier der mittelalterliche Dichter den Erfolg Cäsars nur vorstellen bzw. ihn seinen Zuhörern erklären, indem er Cäsar als idealen Ritter hinstellt.

121 *Er ÿmmerme* (Hs.), *keiner ie mêrren* (Pr.).

133 ff. *v̊ber lanng kan* (Hs.), *diu lant quan* (Pr.). – Kaiser Nero (54–68 n. Chr.) wurde wegen seiner sprichwörtlichen Grausamkeit und Willkür zum Symbol des schlechten Herrschers; dient hier dem Dichter folglich als Katalysator, um die Ritterschaft aus Rom, das ja später unter den Schlägen der Germanenvölker fallen würde, ins Frankenreich wegzubringen.

144 Auch unter Nero wird in *Moriz von Craûn* die konkrete Einstellung zur Frau, das tragende Prinzip der mittelalterlichen Ritterlichkeit, bestimmend für das Schicksal der Gesellschaft; vgl. Van d'Elden (1989) S. 4. Interessanterweise stellt der Dichter Kaiser Nero als Homosexuellen dar, was für die klassische mhd. Literatur äußerst ungewöhnlich ist. Homosexualität wurde allerdings ausführlich von den Dekretalisten, den kirchlichen Juristen des 12. und 13. Jh.s, diskutiert und fand ausgiebig Eingang in die Gesetzesbücher der Kirche und später der Universitätsjuristen; vgl. Brundage (1987) S. 48 ff., 121 f., 212 ff., 313 ff., 398 ff. u. ö. Andreas Capellanus bezeichnet Homosexualität ohne jegliches Zögern als unnatürlich: *Nam quidquia natura negat, amor erubescit amplecti* (S. 7).

175 f. Zwar verurteilte die Kirche generell Abtreibung, doch kannte und praktizierte man sie. Die Schule von Gerhard von Cremona in Toledo übersetzte die Werke von Avicenna und Rhazes aus dem Arabischen ins Lateinische, wo die verschiedenen Mittel verzeichnet waren. Man unterschied zwischen dem Abort eines noch nicht 40 Tage alten Fötus, der noch keine Seele besitzen sollte, und der mehr als 40 Tage alten Leibesfrucht, die beseelt war. Letztere abzutreiben galt als Mord; vgl. Borst (1983) S. 408 f.; Gaudemet (1987) S. 160 ff.

208 *sicherheit* stf. ›Sicherheit, Schutz, Gelöbnis, Vertrag, Bündnis‹; auch ›das Untertänigkeitsgelübde eines Gefangenen im Krieg oder Turnier‹, hier ›Versprechen‹; gemäß mittelalterlich-höfischem

Denken bedeutete *sicherheit* im Turnierkampf die Verpflichtung sowohl für Sieger als auch Verlierer, sich dem ethischen Code ihrer Gesellschaft zu beugen. Dies bedeutete, daß der Sieger dem Unterlegenen das Leben gewähren mußte und dieser dafür dem Sieger eine Bezahlung leistete. Nero ist aber unendlich weit von diesem Denken entfernt. Zum Gebrauch von *sicherheit* im Mittelalter vgl. *Parzival* 172,25 ff., wo Gurnemanz die sich darauf beziehende Tugendlehre darlegt und erklärt.

213 Der Dichter identifiziert automatisch die *hêrren*, den Adel, mit den Bewohnern.

218 *die grosse / eben von massen* (Hs.), *die grôzen unmâze* (Pr.).

220 Wir können ziemlich sicher annehmen, daß der Dichter die Ereignisse um Kaiser Nero aus der *Legenda aurea* entlehnt hat; Stackmann (1947) S. 61 f.; Ruh (1983) S. 147 f.

224 ff. Hs.: *das noch an taů-/sent jaren gewachset mir lannde. / so manig man on schande.*

229 f. Hs.: *Ze Rome nÿmmer dhainen / man. ganntz also verprann.*

234 *muot* stm. ›starke Empfindung, Sinn, Gemüt, Gesinnung, Freude‹. – *hôher muot* ›hohe Freude, Hochherzigkeit, edle Gesinnung‹. – Der Ausdruck subsumiert das wichtigste Ideal der höfischen Gesellschaft. Erst die Erfüllung aller anderen ethischen, moralischen und ritterlichen Normen und Ideale führt zum *hôhen muot*.

238 *Kerlingen* ist das Reich der Karolinger bzw. Franken, d. h. das Frankenland, ungefähr in den Grenzen des heutigen Frankreich. Der Begriff wurde etwa seit dem 10. Jh. in Frankreich gebraucht und fand selbst noch 200 Jahre später weite Verbreitung in der heroischen und epischen Dichtung; vgl. Folz (1977) S. 128.

240 f. Als Karl d. Gr. 812/813 starb, hinterließ er ein Reich, das sich z. T. auf dem Boden des ehemaligen römischen Reiches (Gallien) befand, z. T. aber große Länder germanischen Ursprungs vereinnahmt hatte. Unmittelbar nach seinem Tod setzte eine rege literarische Glorifizierung ein, die bald von der lateinisch verfaßten *Vita* des Einhard auf sich der Volkssprachen bedienende Gattungen wie die altfranzösischen *Chansons de geste* überging; vgl. das *Rolandslied* des Pfaffen Konrad und schließlich die Adaptation *Karl der Große* durch den Stricker; dazu Ott-Meimberg (1983) S. 81 ff.

244 *ir* beziehe ich auf das Rittertum; zur Verdeutlichung der Aussage ersetze ich das Pronomen *sie* (V. 243) durch das Nomen.

250 *sůnst* (Hs.), *sus* (Pr.). – Schwietering hat als erster 1925 eine Analogie des typologischen Bezugs Altes – Neues Testament und,

hier in *Moriz*, Rittertum in der Antike – Rittertum im Mittelalter erkannt, S. 49 ff.; kritisch dagegen Stackmann (1947) S. 15 ff.

251 ff. Chrestien de Troyes formulierte dieses Geschichtsbild am deutlichsten im Prolog zu *Cligès*. Auch wenn die sprachlichen Formeln z. T. sogar mit denen in *Moriz* übereinzustimmen scheinen, brauchen wir nicht unbedingt auf literarische Abhängigkeit zu schließen, denn diese Vorstellung der historischen *translatio* von *chevalerie* lag Ende des 12. Jh.s allgemein in der Luft und wurde bereitwillig von den deutschen Dichtern aufgegriffen. Hier finden wir jedoch diese Theorie besonders explizit formuliert.

260 ff. Der Dichter definiert ganz sinngemäß und in voller Übereinstimmung mit der herrschenden Ideologie ›Ritterschaft‹ als ›Frauendienst‹; vgl. Duby (1981); Arentzen/Ruberg (1987) S. 10; Kaiser (1985); Reuter (1975); zur Idee des Frauendienstes in *Moriz* vgl. Gerlitzki (1970) S. 30 ff., und Ortmann (1986) S. 402 ff. – Eine eigentümliche Übertragung des lyrischen Konzepts »Frauendienst« in einer Erzählung liefert Ulrich von Liechtenstein mit seinem pseudo-autobiographischen Roman *Frauendienst* (Mitte des 13. Jh.s); vgl. Spechtler (1987); zur Funktion des Frauendienstes für die höfische Kultur vgl. Arentzen/Ruberg (1987) S. 17 f.

265 *einer vrouwen* Gen.

269 Gerlitzki (1970) S. 38 konstatierte zu Recht, daß die Charakterisierung der Gräfin auffallend knapp, ja nichtssagend ist. Entscheidend kommt dazu, daß der Dichter nicht kommentierend ihr Wesen und ihre Erscheinung beschreibt, sondern daß wir nur aus dem Mund von Moriz vernehmen, daß er sie als »wert« empfindet. Das entspricht der Art, wie die Frau im Minnesang als *die guote* u. ä. eingeführt wird. Man sollte aber nicht so weit gehen und wie Gerlitzki meinen, daß sie höfischer Tugend oder Schönheit ermangele, nur weil sie sich später nicht dem Willen von Moriz beugt.

272 Obwohl die historischen Umstände bis heute nicht geklärt werden konnten, sei hier doch auf das Haus derer von Credone, Craon oder Creon (in England meist Cruon oder Crohun) hingewiesen, die ihren Hauptsitz im Anjou besaßen. Das Geschlecht starb Ende des 15. Jh.s aus. Gerade im 12. und 13. Jh. gab es viele Vertreter dieser Familie mit dem Namen ›Moriz‹. Moriz II. lebte von 1131/32 bis zum 12. Juli 1196. Er umwarb tatsächlich eine Vizegräfin von Beaumont, die in der Nachbarschaft von Craon lebte; vgl. Schröder (1913) S. 20 ff.; de Broussillon (1893). Keines der historischen Daten gewährleistet uns aber, daß hinter den hier geschilderten Ereignissen auch tatsächlich geschehene Vorkommnisse stehen.

Ganz anders urteilen dagegen Tomasek (1988); Van d'Elden (1990) S. XI f.

276 *was alles* (Hs.), *was im allez* (Pr.).

277 Hs.: *on lon vor allen dingen.*

279 Borck (1961/83) S. 141 f. deutet diese Stelle als Reflex darauf, daß der historische Morisses II. nicht in seinem, auf König Heinrich II. von England eingeschworenen Gebiet Turniere besuchen oder veranstalten konnte und deswegen auf benachbarten kapetingischen Raum ausweichen mußte.

285 Hier liegt der komplette Katalog der Tugenden vor, mit denen sich ein höfisch gebildeter Ritter auszeichnen sollte; vgl. Jaeger (1985) S. 101 ff.

294 *denn Jr werdt* (Hs.), *dem unerwert* (Pr.).

297 *schaden*, hier wohl ›Kosten‹; vgl. V. 326 und 330 ff.

300 *triuwe* stf. ›Aufrichtigkeit, Zuverlässigkeit, Treue, Versprechen, Waffenstillstand‹. Im Mittellateinischen entwickelte sich der Begriff *treuga Dei* ›Gottesfrieden‹. *triuwe* repräsentiert den Zentralbegriff des mittelalterlichen Lehnswesen und umfaßt die gegenseitige Verpflichtung von Herr und Vasall, von Herrin und männlichem Bewerber, von Graf und Bauer usw.

312 f. Wurde wahrscheinlich nur vom Schreiber in die Ambraser Hs. eingefügt und stellt seinen Kommentar dar; genau aus diesem Grund verdient er aber unsere Aufmerksamkeit, denn wir wollen ja ebenfalls wissen, wie die Nachwelt auf *Moriz* reagiert hat. Hans Ried unterstrich mit diesen Flickversen den Wahrheitscharakter der Dichtung; vgl. Gerlitzki (1970) S. 25; siehe dazu die wegweisende editorische Entscheidung von Van d'Elden (1990) S. XXIII, die für ihre Übersetzung allein mit der Hs. arbeitete und Pretzels Ausgabe gar nicht mehr berücksichtigte.

314 *slag* (Hs.), *vriste* (Pr.).

315 *an stat* (Hs.), *stæte* (Pr.). – Der ganze Minnetraktat, wie er hier entwickelt wird, stützt sich auf das Ideal der nie nachlassenden Beständigkeit des Mannes in seinem Minnedienst. Dies wird zentrale Bedeutung für Moriz gewinnen, denn er erfüllt tatsächlich die höchsten Anforderungen seitens der Minnedame an den liebenden Mann, und trotzdem wird die Belohnung dafür ausbleiben. – *baz* Komp. verbindet sich hier mit der räumlich-bildlichen Präposition *an* zu ›mehr‹ oder ›besser‹.

323 *in dem / plůte* (Hs.), *in ir gluote* (Pr.).

325 *schaden* (Hs.), *schanden* (Pr.).

332 *râten* war die Pflicht des Vasallen seinem Herrn gegenüber. Der Vers bedeutet also: ›Großzügigkeit fördert die Liebe‹.

334 *Es sein* (Hs.), *ez ensîn* (Pr.).

339 f. *sie* und *ir* kann sowohl die Liebe als auch die Geliebte meinen.

341 *mÿnne* (Hs.), *sinne* (Pr.).

358 Sinngemäß: Die Bestrafung seines Kumpanen bedeutet ihm so viel wie dem Meer ein Schlag ins Wasser – nämlich gar nichts.

361 *fewr* (Hs.), *vuore* (Pr.) stf. ›Fahrt, Weg, Unterhalt, Speise‹; übertr.: ›Lebensweise, Art und Weise, Verhalten‹. Die Fassung, wie sie Hans Ried überliefert hat, scheint wesentlich stärker, und möglicherweise irrt sich Pretzel darin, allein Ried dieses Wort zuzuschreiben, denn bereits der Dichter könnte auf dieses Bild zurückgegriffen haben. Allerdings ist im folgenden nicht nur von ›Ungestüm‹ (›Feuer‹) die Rede, sondern noch von ganz anderen Dingen.

362 *gůte mÿnn* (Hs.), *guoter minner* (Pr.).

367 Vgl. zu dieser Stelle Wechssler (1898/1900) S. 405. Andererseits weisen die folgenden Verse wohl in eine andere Richtung. So bedeutet *irre* stf. ›Irrtum‹ usw., aber auch *meretricium* (›Unkeuschheit‹).

368 *fůre* (Hs.), *virre* (Pr.).

370 *guote* bzw. *bœse* Leute ist oft sozial zu verstehen: ›Edle‹ bzw. ›Bauern‹. Hier sind aber doch wohl ›rechtschaffene‹ bzw. ›verdorbene‹ Leute gemeint.

373 *nicht vnreine* (Hs.); *wiht* (Pr.) stmn. ›Geschöpf, Wesen, Ding‹; *ein wiht* ›nichts‹.

374 *noch bas gemeine* (Hs.) ›noch besser vertraut, zusammengehörend‹, *niht baz gemeine* (Pr.). Ich folge der Hs. (*noch*) ›den Leuten besser vertraut, verbreiteter‹.

377 *auch durch miete* (Hs.), *ouch niht durch miete* (Pr.).

382 *Jr* (Hs.), *des* (Pr.).

384 ff. Der Markt wird hier als die menschliche Gesellschaft schlechthin metamorphosiert, so als ob Qualität und Charakterstärke eines Menschen dort abgewogen und beurteilt werden würden. Daß sich der Dichter überhaupt von dem bürgerlich-merkantilen Bereich zu distanzieren bemüht und dort Gefahr für die ritterliche Ethik erblickt, zeigt an, in welchem Maße bereits sozialökonomische Wandlungen die Gesellschaft seiner Zeit ergriffen haben. Das 13. Jh. gilt als das Jahrhundert der Stadtentwicklung, die von einem unaufhaltsamen Niedergang des Rittertums begleitet wurde.

386 *hat* (Hs.), *lât* (Pr.).

393–396 In der Hs.: *Jch zalte / zu gewẙnne. wenn ich vorderliche / mynne. von dienste oder Er durch / mein haẙl. Er wurbe recht lones tail.*

397 *reht* stn. ›Recht und Pflicht, Anspruch und Schuld‹. Hier kann also auch gemeint sein: ›Diese ganze Lebensweise (mit Rechten und Pflichten) soll die meine sein.‹

398 *ich* (Hs.), *sich* (Pr.).

399 *bewaren* (Hs.) könnte auch für *bewæren* stehen, *bewarn* (Pr.) ›sich in acht nehmen‹.

413 Die Formel *êre umbe guot* (Pr.) meint ›Ansehen erwerben durch Großzügigkeit (*milte*)‹. Vgl. schon Spervogel, MF VI, 1,83: *swer gout vor êren spart*. Frauendienst wird dadurch zur Grundkonstante der höfischen Kultur erklärt. Im Minnesang bildet der *hôhe muot* einen der wichtigsten Begriffe, denn nur der Ritter, der sich um eine edle Dame bewirbt, gewinnt auch ebendiesen und drückt diese Gestimmtheit dann in seinen Minneliedern aus.

422 Borck (1961) S. 494 f. betont, daß der Zweifel, der Moriz befällt, die gesamte innere Spannung des Minnedienstes zum Ausdruck bringe; damit wäre angedeutet, daß Minne eben nicht als harmonisches Liebesprinzip aufzufassen ist, sondern als Dialektik von Liebe und Leid, von Freude und Schmerz.

424 *eine* ›einer‹ war grundsätzlich der Liebende im Minnesang, die Liebe ergriff den einzelnen. Die Szene ist andererseits ungewöhnlich, da der Dichter Moriz erlaubt, einsam bei sich zu sein und darüber zu meditieren, ob er überhaupt Glück bei seiner Dame gewinnen wird. Normalerweise befinden sich alle Helden in Begleitung von Freunden, Verwandten oder ihren Herren; selbst heute als privat wirkende Tätigkeiten oder Bereiche besaßen im Mittelalter noch nicht diesen Charakter. Privatheit und Intimität entwikkelten sich im Wesentlichen erst im 14. und 15. Jh.; vgl. Duby (1988) S. 509 ff.; vgl. aber die meditative Stellung von Walther von der Vogelweide, L. 8,4 ff.: *Ich saz ûf eime steine*.

456 ff. Andreas Capellanus, auf den sich zweifelsohne unser Dichter entweder unmittelbar oder zumindest vermittelt in seiner Minne-Ideologie stützt, formuliert in den ersten Kapiteln des ersten Buches seines Traktats *De Amore* wiederholt die Regel, daß ein Liebhaber sich nur um eine Frau bewerben kann, z. B.: *amor reddit hominem castitatis quasi virtute decoratum, quia vix possit de alterius etiam formosae cogitare amplexu, qui unius radio fulget amoris* (S. 10).

470 Liebe und Krankheit treten in der höfischen Dichtung in unterschiedlichem Bezug häufig auf. Blanscheflur in Gottfrieds von Straßburg *Tristan* wird als Ärztin dargestellt, die den Vater Tristans, Riwalin, von seinem physischen und seelischen Leiden heilt (V. 1278); Isolde und ihre Mutter retten den ohnmächtigen Tristan mit einem Heiltrank (V. 9436 ff.); ebenso bot sich das Bauernmädchen in Hartmanns von Aue *Der arme Heinrich* persönlich als Medizin für Heinrich an: *so bin ich zer arzenîe guot* (V. 561).

481–484 Hs.: *daz mein hertze was ye vmb / das. sorgen ein wolgefůllet vas. vnd / mir laÿde nÿe geprast. freüde war mir / ein gast.* – Die Verse stammen wohl vom Schreiber und sind deswegen nicht in die textkritische Ausgabe von Pretzel aufgenommen worden; Gerlitzki (1970) S. 25 unterstreicht dagegen ihren poetischen Wert, denn der Schreiber begründe dadurch seine »seelische Verfassung«; siehe auch Van d'Elden (1990) S. 31.

485 Wörtl.: ›In Liebesdingen ist mein Herz immer noch ganz jungfräulich‹. – *maget* stf. ›Jungfrau‹; übertr. ›unberührt, rein, unschuldig, unerfahren‹.

491 f. Hs.: *der machet aus ainer / ye ditz ding. Ein paÿrischen schilling.* – Eine Umrechnungstabelle für den bayrischen Schilling findet sich bei Spufford (1986) S. 266; siehe auch Scherr (1938) S. 246. Meist gebrauchte man einen langen Schilling von 30 Pfennigen und ein Pfund von 8 langen Schillingen. Pretzels Annahme, daß diese Verse später vom Zollschreiber Hans Ried eingeschoben wurden, trifft gewiß zu, denn warum sollte ein Dichter, der offensichtlich aufgrund seiner Sprache und seiner Quellenkunde im Südwesten Deutschlands lokalisiert werden kann, südostdeutsche Währung gebrauchen, um ein monetäres Bild seiner Nöte zu prägen. Rieds Kommentar zeigt jedoch, wie sehr er bemüht war, seinen Lesern die emotionalen Schwierigkeiten seines Helden zu illustrieren; er zögerte deswegen nicht, kommentierend in den Text einzugreifen.

495 *missewende* stf. ›das Abweichen vom Bessern zum Schlechteren, Makel, Schande, Unglück‹; die ›Schande‹ betrifft hier die Gräfin, aber es kann auch ihr ›Unglück‹ gemeint sein.

497 *wil* (Hs.), *enwil* (Pr.). – *aber* gehört zum Wortspiel *git – geben* (V. 496 f.).

498 *vmb den / todt* (Hs.), *umbe seneden tôt* (Pr.).

531–534 Andreas Capellanus betont die Bedeutung von rhetorischer Geschicklichkeit, um die Liebe einer Frau zu gewinnen (*De Amore* 1,6,16 ff.). Zu Recht fühlt sich hier die Geliebte von Moriz brüskiert und reagiert ärgerlich auf sein Schweigen.

536 ff. Der nachfolgende stichische Dialog vermittelt der Erzählung eine beachtliche Lebendigkeit und Realitätsnähe; vgl. Heinrichs von Veldeke *Eneide* (V. 2018 ff., 2912 ff., 3077 ff. usw.), Hartmanns von Aue *Erec* (V. 4050 ff., 5338 ff., 6159 ff. usw.) und *Gregorius* (V. 1299 ff., 2553 ff., 3916 ff. usw.) sowie Meister Ottes *Eraclius* (V. 2565 ff., 2662 ff., 4276 ff. usw.); vgl. dazu Rosenhagen (1924) S. 803.

548 Bereits Stackmann (1947) S. 100 sah hier eine sprachliche Entlehnung aus Meister Ottes *Eraclius*, V. 3113; H. Thomas (1984) S. 334 f. streitet dies zwar nicht ab, zitiert aber gleiche Passagen in Hartmanns von Aue *Klage* und bei Eilhart von Oberg und Heinrich von Veldeke.

554 Der Protagonist in Hartmanns von Aue *Der arme Heinrich* sucht ebenfalls in Salerno Heilung bei den dortigen Ärzten (V. 180 ff.); desgleichen Gottfrieds von Straßburg *Tristan* (V. 7330). Zur Medizingeschichte des Mittelalters und der außerordentlichen Bedeutung Salernos als Zentrum der Rezeption arabischer Medizin in Europa vgl. Haage (1988).

559 *strît* stm. ›Streit mit Worten oder mit Waffen, Widerstand‹; *den strît lân* ›aufgeben‹; hier die Stichelei, denn Moriz meint, der Streit sei ganz überflüssig.

564 *slag* (Hs.), *schâch* (Pr.). – Zum Schachspiel im Mittelalter vgl. Haug (1980/81); Katzenmeier (1989). Schach galt als königliches Spiel und repräsentierte die adlige Gesellschaft per se. In vielen theoretischen Traktaten wurde dieses Bild des *ordo* diskutiert und dann im höfischen Spiel praktisch angewandt; siehe dazu A. C. (1989, 1990). Hier bedeutet der Zuruf *deist ein schâch* ›Bedrohung, Angriff oder Diebstahl‹.

573 *wâ* Adv. ›wo, woher‹; kann aber auch als Konjunktion verstanden werden: ›wo auch, so fern, wenn‹, was hier am besten zu passen scheint, besonders in bezug auf V. 574.

576 *Jch* (Hs.), *swie ich* (Pr.).

582 *kameraere* stm. ›Kämmerer, Schatzmeister, Verwalter der Finanzeinkünfte‹; urspr. Inhaber eines der germanischen Hofämter neben Marschall, Truchseß und Mundschenk, später im hohen Mittelalter Titel eines hohen Verwaltungsbeamten mit erstaunlicher politischer Macht; vgl. Classen (1988) S. 399 ff.

590 *durch dienstes wagñ / sere* (Hs.), *muoz wâgen mîne êre* (Pr.).

592 Dieser Vers ist eine deutliche Anspielung auf die Formel, die bereits in dem Liebeslied »Du bist mîn, ich bin dîn« auftaucht und

als Zusammenfassung eines lateinischen Liebesbriefes interpretiert worden ist; vgl. MF I, VIII.

599 *eine* (Hs.), *eines* (Pr.). – Die These von Gentry (1988) S. 200, daß hier die Frau ein bürgerliches Bewußtsein verrate, also ein rein auf Profit und Bezahlung ausgerichtetes Denken, scheint nicht ganz haltbar zu sein: »bourgeois is the view that a profit, here the favors of the countess, must be realized from any investment of money and goods«. Dies widerspricht offensichtlich der intensiven Liebesbemühung von Moriz, die sich keineswegs um Kosten oder Anstrengungen physischer Art sorgt. Einem angesehenen Ritter gebührt vielmehr – und diesen Charakter will Moriz ja beweisen –, äußerst großzügig zu sein und seinen Besitz mit den anderen zu teilen. Das Problem, daß Moriz aber fast arrogant seinen Reichtum der Öffentlichkeit vorführt, läßt sich damit trotzdem nicht so leicht von der Hand weisen.

601 Es ist kaum anzunehmen, daß sie in der Tat noch niemals einem Turnier beigewohnt hat, da dies eine der zentralsten Institutionen der mittelalterlichen höfischen Kultur gewesen ist und somit auch sie vielmals als Zuschauerin angelockt haben dürfte. Ein Turnier war schlichtweg nicht durchführbar ohne die Anwesenheit der Damen des Hofes, vor denen sich die Ritter von ihrer besten Seite und in ihren wichtigsten Fertigkeiten zu zeigen beabsichtigten. Eventuell will der Dichter hier aber andeuten, daß der Ehemann der Gräfin bisher noch kein einziges Turnier organisiert und somit die Minimalforderungen an den höfisch gesinnten Ritter, insbesondere aber an einen Herrscher vernachlässigt habe. Dies paßte durchaus mit der historischen Erklärung überein, nach der Graf Richard von Beaumont, politisch und familiär eng mit König Heinrich II. von England verbunden, aufgrund von dessen Abneigung gegen das Turnierwesen, das jener schließlich in England verbieten ließ, diesen Sport in seinem Gebiet vermeiden mußte. Folglich wäre die Gräfin auch nicht in der Lage gewesen, sich an diesem kulturellen und ritterlichen Ereignis zu erfreuen; vgl. dazu Borck (1961/83) S. 127 f., 141 f.; zum Turnier vgl. Fleckenstein (1985).

608 f. Vgl. seinen ebenso symbolischen Gebrauch des Ringes (V. 1622).

612 Eigtl. ›nach Art einer in Liebe verbundenen Frau‹. – Wesentlich für unser Verständnis dieser Szene ist der Vertragscharakter durch die Ringübergabe. Bereits seit frühfeudaler Zeit galt der Ring als Symbol für Macht und Machtbindung zwischen Herrn und Vasall. Gerlitzki (1970) S. 74 f. charakterisiert die Verabredung zwischen

beiden als »Minnevertrag«, der durch die symbolischen Handlungen Ringübergabe, Kuß und Umarmung besiegelt wird. Er sieht hierin, auch wenn es spekulativ erscheint, eine direkte Entlehnung von Andreas Capellanus' *De Amore*, S. 32 f., wo ebenfalls *quatuor gradus in amore* angestrebt werden müssen. In der Erzählung *Equitain* von Marie de France schwören König Equitan und die Frau seines Seneschalls einander Treue und tauschen als Treuegelöbnis Ringe aus: *Par lur anels s'entresaisirent, / Lur fiaunces s'entreplevirent* (V. 181 f.).

618 *von der freůd an Jm / zergie.* (Hs.), *von ir liebe an im zergienc* (Pr.). Mhd. *liebe* bedeutet ›Freude‹. Da ihn ihre Umarmung erfreut, übersetze ich mit nhd. ›Liebe‹.

626 Erneute Bescheidenheitsfloskel, die natürlich durch den Fortgang der Schilderung unterlaufen wird.

627 ff. Zur Schiffsbaukunst und zur Rolle von Schiffen in mhd. Epen vgl. Seeger (1970); dazu besonders aus technologiegeschichtlicher Sicht Unger (1988); nach Grimm (1878/1965) III, S. 86, findet sich die Tradition von künstlichen Schiffsbauten, die gezogen oder getragen werden, und von Schiffsumzügen überall im rheinländischen Raum; dazu auch ebd., Bd. 1 (1875/1965) S. 218. Eine der bekannten Schiffsfahrten wurde 1133 von Indra (Cornelimünster bei Aachen) nach St. Truiden in Limburg durchgeführt; vgl. Rosenhagen (1924) S. 807. Vgl. auch Anm. zu V. 143. Zur Schiffahrt im Mittelalter s. Lewis/Runyan (1985/90) S. 62 ff., 111 ff.

633 Zwar deutet der Text an, daß Moriz selber als der Baumeister zu begreifen sei, doch ist dies schwer mit den realen Verhältnissen in Übereinstimmung zu bringen. Gerlitzki (1970) S. 41 kennzeichnet Moriz ohne weiteres als den Baumeister, doch ließe sich, da die Aussage des Textes nicht präzise genug ist, auch eine andere, für die handwerkliche Konstruktion verantwortliche Persönlichkeit annehmen. Woher sollte denn Moriz seine Kenntnisse als Zimmermann erworben haben?

636 *machte* (Hs.), *erdâhte* (Pr.).

640 Der Dichter meint im übertragenen Sinne mit diesem Grundgerüst den Kiel eines Schiffes. – *schraemen* swv. ›schräg machen, krümmen, biegen‹.

641 Hier finden wir eines der Indizien dafür, daß *Moriz* im westdeutschen Sprachbereich angesiedelt werden kann.

642 *pawen* (Hs.), *bünen* (Pr.) swv. ›mit Fußboden versehen, verplanken‹. – *beschiessen* (Hs.), *beschiezen* (Pr.) stv. ›vereinigen, mit Fußboden versehen‹.

648–654 *da das bereit war also. do mach- / et Er ze hanndt. so. umb das Schef / ein rame. da was gestellet alsame. / mit grosser vnküste. vnd doch auf / ein gerüste* (Hs.). V. 649 übernehme ich aus der Hs.; vgl. Schröder (1989) S. 71; Van d'Elden (1990) S. 40.

657 ff. Die (Hs.). gebraucht hier interessanterweise das Wort *Heulannder* ›Holland‹. Offensichtlich war dem Tiroler Schreiber nur die generelle Herkunft solcher Stoffe bekannt, nicht aber die exakte geographische Lage der westlichen Webindustrie. In Flandern befanden sich die berühmtesten Weber, welche die besten Stoffe im mittelalterlichen Europa herstellten. Seit dem 13. Jh. wurden in Flandern und Brabant – vor allem in Brügge, Gent und Ypern – erlesene Wandteppiche gewoben, die überall in Europa Verbreitung fanden; vgl. H.-F. und H. Rosenfeld (1978) S. 214. Flandern war als Handelszentrum besonders begünstigt, denn die internationalen Handelsrouten von England, Deutschland und Italien trafen hier zusammen. Zur Textilgeschichte Flanderns vgl. de Poerck (1951).

664 Moriz wird kaum persönlich an der handwerklichen Arbeit beteiligt gewesen sein; es handelt sich also um eine andere Person, nämlich um seinen Zimmermann.

670 *grans* stm. ›Schnabel der Vögel‹; auch ›Vagina‹ (vgl. Oswald von Wolkenstein, Kl. 76,27), ›hervorragender Teil eines Körpers‹; hier aber ›Schiffsschnabel‹, was das Bild eines Wikingerschiffes evoziert, wohl aber allgemein als ›Bug‹ zu verstehen ist. – *zagel* stm. ›Schwanz, Schweif, Wimpel, Penis, Stachel der Biene, der letzte einer Schar, Ende eines Dinges‹; hier also ›Heck eines Schiffes‹.

671 *beslahen* (Hs.), *mit golde beslahen* (Pr.).

672 *vnd sandt nach / maste* (Hs.), *ensamet dem hôhen maste* (Pr.).

674 *Mere Růder* (Hs.), *daz kêrruoder* (Pr.).

675 *als das Schif* (Hs.), *als bî eime schiffe* (Pr.).

678 *dann Er wolte farn* (Hs.), *sam er solde varen* (Pr.).

680 Zur Geschichte des Ankers in der Antike und im Mittelalter vgl. Schall (1979). – Das hier verwendete Bild von einem mit Seide umwickelten Anker ist recht ungewöhnlich und findet, soweit mir bekannt, kaum Bestätigung in den historischen Quellen.

681 In der *Kudrun* (249,4), die ebenfalls im *Ambraser Heldenbuch* aufgeschrieben wurde, findet sich ein gleiches Bild; vgl. Harvey (1961) S. 283. Entscheidend ist, daß Seide verschwenderisch eingesetzt wird, obwohl sie zu den wertvollsten Textilien des Mittelalters gehörte. Karl d. Gr. legte seine Seidengewänder nur an Sonn- und Feiertagen an, und es sollte noch fast 400 Jahre dauern, bis

durch die Kreuzzüge und die große Plünderung Konstantinopels (1204) orientalische Luxusgüter massenhaft auf den europäischen Markt gelangten. Der Dichter spiegelt hier eine gewandelte Einstellung zu den erlesenen und teuren Materialien einer gehobenen Lebenskultur, die seitdem aus dem Vorderen Orient importiert wurden; vgl. Zijlstra-Zweens (1985) S. 254 f.

683 *üppec, üppic'* Adj. ›überflüssig, unnütz, eitel, übermütig, hochmütig‹; vgl. *Üppec*, V. 367.

688 Hier findet sich eine erneute Bestätigung dafür, daß der Dichter im Westen des deutschsprachigen Raumes lebte.

692 *Er vorch-/te nit* (Hs.), *ern vürhte iht* (Pr.). Die Anspielung auf die Sintflut ist natürlich ironisch zu verstehen und findet sich analog in vielen schwankhaften Erzählungen des Spätmittelalters; vgl. Geoffrey Chaucers Erzählung »The Miller's Tale« in *The Canterbury Tales*.

694 *was mag es annders* (Hs.), *waz endes mac ez anders* (Pr.).

702 f. *govertiure*, eigtl. *covertiure* stf. ›verzierte Samtdecke‹, die über den Eisenpanzer des Pferdes gelegt wurde; der französische Ursprung des Wortes verrät, daß im 12. und 13. Jh. Frankreich führend auf dem Gebiet der Mode war und man sich weitgehend nach den dortigen Stilen richtete, daher auch sprachlich anpaßte und die Ausdrücke für Kleidungsstücke und Textilien übernahm; vgl. Bumke (1986) I, S. 172 ff.

711 *enbrësten* stv. ›entgehen, entkommen, los werden, befreien‹; übertr.: ›fehlen‹.

722 Bei jedem Turnier verbrauchte ein Ritter, wenn er erfolgreich war und ohne große Verluste kämpfen konnte, eine große Anzahl von Lanzen; vgl. Ulrich von Liechtenstein, *Frauendienst* 213,2; 218,2; 219,4; 223,3; 225,7 f. usw.

729 *speyset* (Hs.), *spien* (Pr.). – *spien* ist Prät. von *spannen* stv. (reduplizierendes Verb) ›spannen, ziehen, dehnen‹; auch ›erregt sein‹; hier ›anspannen, festbinden‹.

738 *lampartisch*, Adj. ›lombardisch‹, damit als pars pro toto ›italienisch‹; vgl. Oswald von Wolkenstein, Kl. 18,18 und 22; Ruh (1970/83) S. 152, der sich hierbei auf Schwietering (1925) S. 51 ff. und Harvey (1961) S. 284 stützt, erklärt das Schiffsmotiv als aus Italien entlehnt, denn es sei eindeutig dem *Carròccio*, dem lombardischen Fahnenwagen, nachgebildet. Dieser soll sarazenischen Ursprungs sein und wurde bis ins 14. Jh. von italienischen Stadttruppen eingesetzt. Außenwand und Mast waren stets mit den Stadtwappen und -fahnen geschmückt. Oft saßen Trompeter auf dem *Carròccio* und

gaben mit ihren Signalen die Befehle des Kommandanten an die Truppen weiter.

742 *Er den* (Hs.), *sie der* (Pr.).

745 *durch die wîte* ›wegen der Weite‹.

748 Ulrichs von Liechtenstein Turnierfahrt in Verkleidung als Frau Venus gleicht ebenfalls dem Bild einer Brautfahrt; *Frauendienst* (V. 470 ff.).

753 f. *wann es durch / Jr rugkhen nÿe. dester belder in gie.* (Hs.).

757 Ortmann (1986) S. 405 f. erwähnt einen ähnlichen Brautwagen in Form eines Schiffes, welcher der dritten Braut Kaiser Friedrichs II., Isabella, Tochter König Johanns von England, 1235 auf ihrer Anreise nach Worms entgegengeschickt wurde. Auch dieses Schiff schien auf dem Trockenen zu schwimmen, wurde aber von versteckten Pferden gezogen. Im Schiff spielten Geistliche auf wohlklingenden Instrumenten zur Unterhaltung. Wahrscheinlich ist dies aber nur ein Parallelfall, nicht das Modell für *Moriz von Craûn*. Zur Kritik an Ortmann vgl. Kokott (1988) S. 370; vgl. auch Harvey (1961) S. 259 ff., die diesen historischen Fall zuerst behandelte.

765 f. V. 764 und 763 sind von Pr. hinter 766 f. gestellt. Hier und im folgenden verweist die kursive Zählung auf die Versfolge der Hs. – *habe* ›Hafen‹ meint natürlich sein ›Lager‹.

767 Vgl. dazu Wolframs von Eschenbach *Parzival* 278,12 f.

768 *was / empor* (Hs.), *enwas niht bore* (Pr.).

772 Das Schwergewicht ruht nicht auf *tier*, sondern auf *wild* Adj. ›wild, verwachsen, unbewohnt, dämonisch‹; hier aber ›unbekannt, fremdartig, seltsam‹; Reimnitzer (1977) S. 2 und Kokott (1988) S. 372 verstehen den Tiervergleich als negative Charakterisierung von Moriz; Tomasek (1986) deutet ihn dagegen positiv. Es ist typisch für den Dichter, daß auch hier (bewußt?) Ambivalenz dominiert; vgl. dazu A. C. (1990).

774 f. *huot* stm. ›Hut, Mütze, Helm‹; hier ›Decke‹, wohl von außen gesehen.

780 Das Motiv findet sich schon in Heinrichs von Veldeke *Eneide* 9562; vgl. dazu Stackmann (1947) S. 111 ff., dort weitere Hinweise auf Zeltbeschreibungen. Selbst noch im 16. Jh. repräsentierten Spiegel erlesene Kostbarkeit und zeichneten den Besitzer als reichen Mann aus; vgl. Sandgruber (1987) S. 40. Um so erstaunlicher dürfte es im 12. und 13. Jh. gewesen sein, wenn ein Spiegel die Decke eines Zeltes zierte, selbst wenn wir annehmen, daß es sich dabei bloß um einen Metallspiegel handelte, der nur recht trübe das

Bild des Betrachters widergab. Im moralisch-religiösen Kontext galt der Spiegel als Sinnbild für das andere Ich des Menschen bzw. auch für die Unbeständigkeit der weltlichen Existenz; vgl. Duckworth (1985) S. 191 f.; allgemein zum Spiegel vgl. Grabes (1973). In *Moriz* geht es primär um ein Objekt höfischer Repräsentationskunst; zugleich ließe sich aus psychoanalytischer Sicht argumentieren, daß sich Moriz in überaus arroganter Weise ständig selbst bespiegeln wollte, daß also der Spiegel insoweit seine Anmaßung und Hybris verriete, als er sich stets unter dem Spiegel aufhält, diesen damit zu seinem anderen Ich erhöht.

784 ›Taft‹ ist ein Gewebe aus Naturseide und hat stets feinfädige Kette und etwas fülligeren Schuß und wirkt mit seiner Leinenbindung popelinartig. Taft ist ein halbsteifer, nicht fließender Stoff.

786 *harte* (Hs.), *jâchante* (Pr.). *jachant, jochant, jechant, jâcinot, jacinte* stm. ›Hyazinth‹ (auch ›Jachantstein‹); abgeleitet aus mlat. *jacinctus*. – Man versteht noch heute darunter den braunen Zirkon, einen Edelstein, auch ›Hyazinth‹.

789 *ge-/ruchten des seines* (Hs.), *geruochtens guotes sînes* (Pr.).

791 *lauter sam wer es ein / wasser* (Hs.), *lûter sam ein spiegel was er* (Pr.).

792 *maser* stm. ›knorriger Auswuchs (meist an Ahornbäumen)‹; hier ›Becher aus Maserholz‹.

798 *diete* stfm. ›Volk, Leute‹; *varndte diet* ›Spielleute‹. – Darunter haben wir uns das weite Spektrum von Unterhaltungskünstlern vorzustellen, die einen wesentlichen Bestandteil von allen höfischen Festen ausmachten; vgl. Bumke (1986) I, S. 315 f. Nicht zu verwechseln damit ist die Bezeichnung *Spielmannsdichtung*, die speziell für die vorhöfische Dichtung wie *König Rother, Orendel, Salman* oder *Oswald* benutzt wird, ohne daß wir bis heute eindeutig bestimmen könnten, welche soziale Gruppe sich hinter diesen literarischen Werken verbirgt; vgl. Bäuml (1987) S. 92 ff.; zur Geschichte der Spielleute vgl. Salmen (1983).

802 »Das Mittelalter ringt um Licht«, denn Kerzen waren weitgehend das einzige Beleuchtungsmittel; vgl. Borst, (1983) S. 247. Sie wurden aus Unschlitt oder Wachs hergestellt, beide Materialien waren aber teuer; je mehr Licht ein Mensch produzieren konnte, desto größer war also sein öffentliches Ansehen, selbst noch im 17. Jh. galten Kerzen als eine große Kostbarkeit; vgl. Dinges (1988), S. 194 ff.

807–810 *herberg* (Hs.), *poulûn* (Pr.). – *poulûn* frz. ›Zelt‹ dient zur Unterstreichung der künstlerischen Perfektion des Zeltes. Hartmann von Aue bedient sich als erster dieses Ausdrucks in seinem *Erec*. Schlichtere Zelte nannte man dagegen mhd. *zelt*, *gezelt* oder *hütte*; der Unterschied zwischen den verschiedenen Typen von Zeltbauten wird deutlich im *Wigamur* (V. 4726) angesprochen. – Das Zelt war ein wichtiger Bestandteil der adligen Sachkultur und wurde daher entsprechend oft in der Dichtung geschildert; es soll wahre Prunkzelte gegeben haben, z. B. dasjenige, welches König Heinrich II. von England 1157 an Kaiser Friedrich I. geschickt hatte und das als unerhörte Meisterleistung galt; vgl. Bumke (1986) I, S. 168 ff.

811–815 Moriz darf sich durch diese Entscheidung außerordentlich geehrt fühlen, denn indem die Messe in oder bei seinem Zelt gelesen wird, gewinnt seine Wohnstätte bereits einen herrschaftlichen Charakter; die Burg dagegen, wo der unglückliche und erfolglose Hausherr residiert, verliert an Konturen.

828 Unter *wambeis* stn. versteht man die Schutzkleidung zwischen Körper und Panzer. Das Wort kommt von frz. *gambeson*; Gamber (1977) S. 115; zur ritterlichen Bewaffnung allgemein siehe auch Nickel (1974). Das Wambs diente als Polsterung vor den Schlägen. Es verhinderte auch, daß die Panzerringe mit dem Körperschweiß unmittelbar in Berührung kamen und somit verrosteten; vgl. Zijlstra-Zweens (1985) S. 279.

837 *stricken* (Hs.), *schrick* (Pr.) stm. ›Sprung‹.

841 Unter *huot* muß man sich einen Topfhelm vorstellen, der seit dem frühen 12. Jh. in Deutschland gebräuchlich wurde. Andere Ausdrücke für Helm waren: *helm, helmvaz, stahelvaz, helmhuot, stahelhuot, flinshuot, hûbe* usw.; vgl. Bumke (1986) I, S. 216.

846 *halsberc:* eine der Bezeichnungen für die Leibrüstung. Der Unterschied zu *brünne* ist nicht klar, doch scheint nur er immer eine angearbeitete Eisenkapuze besessen zu haben. *halsberc* war der typische und beliebte Ausdruck, den die höfischen Epiker einsetzten; *brünne* fand vor allem in der Heldendichtung Verwendung; vgl. Bumke (1986) I, S. 211. Nach Zijlstra-Zweens (1985) S. 277, versteht man gemeinhin unter *halsperc* ein »knielanges Maschenpanzerhemd aus ineinandergeflochtenen vernieteten eisernen Ringen, mit langen in Fausthandschuhen endenden Ärmeln und mit einer Kapuze«.

847 f. D. h., der Helm wird an der Leibrüstung befestigt.

853 Vgl. Bumke (1986) I, S. 236 ff.

853–858 Zählung nach Pretzel.

862 ff. Zu den Musikinstrumenten im Mittelalter vgl. van Schaik (1985).

867 »Die lauten Trompeten waren immer das Signal für höfische Prachtentfaltung und gesteigerte Festfreude«; vgl. Bumke (1986) I, S. 308.

869 Die Rotte war eine Art Harfenzither; in Gottfrieds von Straßburg *Tristan* bedient sich Isoldes irischer Freund Gandin der Rotte, um die jungvermählte Frau Markes zu entführen. Erst als ihm der König versprochen hat, ihm jeden Wunsch zu erfüllen, beginnt er, auf der Rotte zu spielen, und fordert dafür dann Isolde ein (V. 13178 ff.).

870 *galiôt stm., galiôtte* swm. ›Schiffer, Fährmann, Seeräuber‹, aus afrz. *galiot* abgeleitet; Schröder (1913) S. 18 macht allerdings darauf aufmerksam, daß dieser Begriff bereits in Gottfrieds von Straßburg *Tristan* auftaucht, als Marke seinen Neffen fragt, wo er seine Musikkenntnisse erworben habe, und dieser erwidert, *daz lêrten mich Galotten* (V. 3678), d. h. aber ›Waliser‹, was auch die folgende Zeile bestätigt: *zwêne meister Gâloise*. In unserem Kontext ist jedoch eher die Übersetzung als Seeräuber anzunehmen, denn V. 872 bezieht sich deutlich auf diese maritimen Abenteurer; eventuell kannte sich der Dichter in der griechischen Mythologie besser aus und spielte hier deswegen auf die Verbindung von Seeräubern zu ihrem Schutzgott Dionysios an; vgl. Schröder (1913) S. 18; Stackmann (1947) S. 113 f.; Van d'Elden (1990) S. 113.

871 *fůr Er mit / seinem heer* (Hs.), *vuorte mit in sînem here* (Pr.).

872 Jede Seefahrtgeschichte ist auch mit Piraterie verbunden, so daß zur Zeit der Römer Piraterie im Mittelmeer geradezu blühte. Auch die Wikinger können als eine Art von Piraten bezeichnet werden, während im 7.–10. Jh. die Piraten an der pommerschen und sächsischen Küste berühmt waren; vgl. Waas (1964) S. 185. Besonders mit der Entwicklung der Kreuzzüge und Pilgerfahrten nach Palästina begegnete der europäische Reisende den Piraten wieder; zur Geschichte der Seeräuberei vgl. Gosse (1932/68) und Thrower (1980); Lewis/Runyan (1985/90) S. 55 ff., 63 f., 68 ff., pass.

873–877 Ein ähnliches architektonisches Bild finden wir im *Herzog Ernst*, V. 2531 ff.

875 *heraus* (Hs.), *ir hûs* (Pr.).

878 Immer wieder konstatieren wir in mhd. Epen und Heldenliedern das Motiv des Fensters, von dem aus die Frauen die Ereignisse außerhalb der Burg beobachten, vgl. z. B. die Szene im *Nibelungenlied*, wo Brünhild die Fremden aus Burgunden vom Fenster aus

begutachtet (V. 389,3; 392,1; 394,1); aber auch Hagen betrachtet sich aus dem Fenster gründlich die Szene von Siegfrieds Ankunft am Hof zu Worms (V. 84,1).

881 *vrumen* swv. ›befördern, nach vorne schaffen, bereiten, bewirken, machen‹; aber auch ›nützen, helfen‹; möglich wäre also auch: ›die das alles veranlaßt hatte‹.

884 f. Der Reisebericht des hl. Brandanus, eines irischen Abtes aus dem 10. Jh., fand auch im deutschen Bereich enorme Verbreitung, einerseits als *Navigatio Brandani* (lat., 11. Jh.), andererseits als *Sente Brandan* (mhd., 12.–14. Jh.); vgl. Röcke (1988) S. 252 ff. Der historische Brendan stiftete viele Klöster in England und starb 577 oder 578; vgl. die Ausgabe *Sankt Brendan* (1985).

888 *Er nahet dem / Suntage* (Hs.), *ez nâhet gein dem suontage* (Pr.).

889 f. *fliehet seine predigen vmb / das. wir sűllen an got glaűben bas* (Hs.). Die Verse sind wieder deutlicher Beweis für das eigenständige Eingreifen des Schreibers in den Originaltext. Pretzel bezeichnet den Vers in seinem kritischen Apparat als albern (S. 31), obwohl er sich als deutliche, wenn auch satirische Anspielung auf Mt. 24,24–26 erweise; vgl. Gerlitzki (1970) S. 25.

895–902 Versfolge nach Pretzel. Seine Ausgabe bietet die sinnvollere narrative Struktur.

899 *jm* (Hs.), *in* (Pr.). – Da Moriz erst später in den Kampf eingreift, kann sich das Pronomen nur auf die anderen Ritter beziehen, muß also Plural sein.

900 *des veldes* (Hs.), *vehtennes* (Pr.).

901 *Puneiz* bedeutet ›der Angriff von vorn in geschlossenem Verband‹; vgl. Bumke I (1986) S. 353; andere Termini technici des Turniers ebd.

906 Wohlverstanden geschieht dies im Turnierkampf des Grafen. Wie die von Bumke (1986) I, S. 342 ff., angeführten Quellen vielfach belegen, war es keineswegs ungewöhnlich, daß ein Ritter auf einem Turnier tödlich verletzt werden konnte. Es ist jedoch nie die Rede davon, daß solch ein Unglück den Abbruch des Turniers erforderte; vgl. u. a. Konrads von Würzburg *Partonopier*, V. 16170 f. Auf einem Turnier bei Neuß 1241 sollen Dutzende allein der Hitze und dem Staub erlegen sein; vgl. Zijlstra-Zweens (1985) S. 272. In anderen Fällen war das Unglück keineswegs ein Schicksalsschlag, sondern absichtlich herbeigeführt und politisch motiviert.

909 ff. Kokott (1988) S. 371 folgt unreflektiert dem nur verschleiert angedeuteten Kommentar des Dichters und spricht deswegen auch von einer schweren Sünde; er bedenkt nicht die Umstände und

wahren Gründe für den Unfall; wie wir bald im Text sehen werden, denken die übrigen Anwesenden ganz anders über den Fall und unterstützen den Grafen keineswegs. Zwar kann die Tatsache des Totschlags nicht geleugnet werden, doch verurteilt der Dichter, wie ich meine, nicht das Turnierwesen an sich. In schlechtem Licht steht allein der ›ungeschickte‹ (?) Graf, der jede öffentliche Unterhaltung zu verderben scheint. Sein Verhalten wird nie vom *hohen muot* getragen. Seiner Frau hat er bisher jegliche Turnierfreuden vorenthalten und macht sich dadurch zumindest auch der Vernachlässigung seiner Herrscherpflichten schuldig (vgl. das *verligen* des Erec im gleichnamigen Roman Hartmanns von Aue). Können wir also annehmen, daß der Dichter konkret ein neues Kulturprogramm entwerfen wollte, das auf frühere ritterliche Zustände verweist? Steinmann (1982) und J. W. Thomas (1983) S. 510 f. erblikken hierin parodistische Anspielungen auf das Rittertum, während Ruh (1970/83) S. 154 bloß davon ausgeht, daß sich der Dichter um ein neues narratives Element bemühe, um das spätere Auftreten des *revenant*, also des Wiederkehrers, zu motivieren.

914 f. Die Entwaffnung und der Abzug des Grafen deuten an, daß damit auch das Turnier sein Ende finden sollte. Die bald laut werdende Kritik der anderen Ritter speist sich aus einer historischen Anspielung auf das Unbehagen der Zeitgenossen des englischen Königs Heinrich II. (1154–89), der wegen seiner Antipathie gegen den Turniersport ein allgemeines Verbot erlassen hatte. Die dieser Erzählung – zumindest im französischen Original – zugrunde liegende Handlung um den Grafen Moriz II. von Anjou, der eng mit König Heinrich II. verbunden war, sollte also die Stimmung des Adels gegen dieses Verbot ausdrücken; vgl. Borck (1961) S. 141 f. In *Moriz* wird der Ehemann jedenfalls zweifellos der Lächerlichkeit preisgegeben.

919 *das geschůf* (Hs.), *daz rehte schuof* (Pr.).

930 *ob* (Hs.), *waz obe* (Pr.).

941 *manigñ* (Hs.), *maneger* (Pr.).

943 *Verre man es* (Hs.), *den harnas man* (Pr.). Vgl. Anm. zu 846.

950 *die warn ze vleisse darÿnn getragñ* (Hs.), *diu was ze vlîze daran geslagen* (Pr.).

960 *ein* (Hs.), *ein swan* (Pr.).

978 Zum Turnierwesen und der kirchlichen Kritik im 13. Jh. vgl. Harvey (1961) S. 112 ff.

982 *freůde on zorn* (Hs.), *vreissamen zorn* (Pr.).

996 Moriz erweist sich als unbesiegbarer Held, ähnlich wie die Kämp-

fer in den französischen *Chansons de geste* oder im *Rolandslied*. Daniel im *Daniel von dem Blühenden Tal* des Stricker demonstriert die gleichen Qualitäten wie Moriz, nur bewährt er sich primär im Krieg bzw. im Kampf gegen einzelne Ungeheuer. Hier dagegen handelt es sich um ein sportlich-militärisches Ereignis.

997 *dinge* (Hs.), *linge* (Pr.).

999 *sere* (Hs.), *lære* (Pr.).

1000 Zur Pferdekultur und Pferdezucht im Mittelalter vgl. Bumke (1986) I, S. 236 ff.; weiterführende Literatur ebd. II, S. 824.

1001 ff. *Als Jm ein ross / von Hessen. hinder begunde* (Hs.), *swenne ein ros vor hitzen / under im begunde* (Pr.). – Der Dichter betont hier, mit welcher Geschwindigkeit Moriz seine Tjoste durchführt, denn er nimmt sich noch nicht einmal Zeit, seine schweißnassen Pferde wegzubringen. Diese Bemerkung verstärkt außerdem den Eindruck vom Reichtum des Moriz, besitzt er ja ein so großes Gefolge, daß je ein Knecht für ein Pferd zuständig zu sein scheint und sich gleich darum kümmern kann, sobald es aus dem Turnier ausscheidet. Pferde bedurften auch damals größter Pflege und mußten sofort trockengerieben werden, sobald sie in den Stall zurückkehrten.

1008 f. *daz Er hat gar / den rüf. Ze rechte vnd durch miete* (Hs.), *daz er ze rehte hâte den ruof / durch vehten unde durch miete* (Pr.).

1010 *der diete* (Hs.), *varnder diete* (Pr.).

1011–14 Zählung der Verspaare in der Hs.: 1012, 1011, 1014, 1013.

1021 ff. *Wer Er Betalle ein heiden / von der Cristenhait geschai-/den* (Hs.). – Ich übersetze diese Verse, die vom Schreiber stammen dürften, aber doch ein wichtiges Licht auf die kulturellen Vorstellungen jener Zeit werfen; Gerlitzki (1970) nimmt mit viel Berechtigung an, daß der Dichter auch in der ursprünglichen Fassung dieses Bild vom Heiden gebraucht habe, denn dadurch steigerte sich die Tapferkeit von Moriz, der selbst als Heide den höchsten Ruhm errungen hätte, nur um so mehr, S. 25 f.; H. Thomas (1984) S. 331 sieht hier eine deutliche sprachliche Anlehnung an Hartmanns von Aue *Klage*, doch bleibt dies umstritten.

1025 Im Hochmittelalter gehörte das Ballspiel zur beliebten adligen Geselligkeit, der Vergleich ist hier also keineswegs so abwegig; vgl. Waas (1964) S. 141; einen kulturhistorischen Überblick bieten H.-F. und H. Rosenfeld (1978) S. 126 f.

1030 *raine* (Hs.), *râme* (Pr.).

1035 *Schiffe* (Hs.), *gezelte* (Pr.).

1038 *guete* (Hs.), *guote* (Pr.). – Bumke (1986) I, S. 314: »Mit dem

Beschenken der Gäste und einem großen Abschiedszeremoniell ging das Fest zu Ende. Je wertvoller die Geschenke waren, um so deutlicher offenbarten sie Macht und Reichtum des Gastgebers und um so schöner bewies sich seine höfische Tugend der Freigebigkeit.« Vgl. auch Waas (1964) S. 139.

1044 *Jr kom-/en auch vil dar* (Hs.), *der varnden quam ouch vil dar* (Pr.).

1054 *muoder* stn. ›Bauch, Leib, Haut, die Brust umschließendes Kleidungsstück‹.

1055 *zu / einem gern* (Hs.), *tuoch zem gêren* (Pr.); *gêr, gêre* stm. ›Speer, Wurfspieß‹; ›Besatz an einem Kleidungsstück, Saum, der untere Teil eines verzierten Kleidungsstücks‹.

1058 *Er erfra-/get* (Hs.), *ir ervrieschet* (Pr.).

1066 Bereits Ehrismann (1927) S. 131 erblickte hierin die Charakterisierung von Moriz als einem mustergültigen Herrscher, der sich aller nur denkbaren Tugenden befleißigte; auch Walther von der Vogelweide hatte diesen ethischen Wert explizit in seinem Reichsspruch *Philippes künec, die nâhe spehenden zîhent dich* (L. 19,17) angesprochen; dazu Tomasek (1986) S. 256ff.; Harvey (1961) S. 172f. betont außerdem die typologische Verwandtschaft zwischen Moriz' großmütiger Geste und der Freigebigkeit des hl. Martin.

1067 *erwarte* (Hs.), *entwerte* (Pr.).

1071 *fragete* (Hs.), *warte* (Pr.).

1079 *wer Sÿs paten* (Hs.), *swer sies bæte* (Pr.).

1091 *der / knecht* (Hs.), *diu vrouwe* (Pr.).

1093 Der Obstgarten ist ein stets von den mittelalterlichen Dichtern gern eingesetztes Motiv, das eng mit dem *locus amoenus* verbunden ist, nicht aber unbedingt die entscheidende Szenerie für das Liebesgeschehen abgibt; vgl. dazu Ott (1988). Der Obst- bzw. Baumgarten erscheint besonders in *Tristan, Iwein, Florien und Blancheflor, Engelhard* (Konrad von Würzburg); siehe dazu Lexer (1872) I, Sp. 334f. Andere berühmte Beispiele aus dem Spätmittelalter finden sich in Guillaume de Lorris' und Jean de Meuns *Roman de la Rose* und in Goeffrey Chaucers »The Knights' Tale« in *The Canterbury Tales*.

1101f. Erneut besticht uns hier die Parallele mit Gottfrieds *Tristan* und der Minnegrotte, die ebenfalls mit einer Kathedrale verglichen wird (V. 16679ff.); vgl. Steinmann (1982) S. 77.

1105 *oben so gemuste* (Hs.), *daz himelze obene gemuoset was* (Pr.).

1107–10 Versfolge der Hs.: 1110, 1109, 1108, 1107.

1111 ff. Zur Bedeutung des Bettes in der mittelalterlichen Kultur vgl. Contamine (1988) S. 491; zur motivischen Übereinstimmung in der Bettbeschreibung in *Moriz* und in Gottfrieds von Straßburg *Tristan* (Minnegrotte) vgl. E. Schröder (1913) S. 15 f. Dieser streitet aber eine mögliche Abhängigkeit des Dichters von Gottfried ab, verweist vielmehr auf eine französische Vorlage. Ein ähnliches Bild vom märchenhaft wertvollen und kostbaren Bett findet sich in Heinrichs von Veldeke *Eneide* (V. 1160, 1264–92, 10982–95). Weitere Details zur Bettkultur, wenn auch bereits auf die Frühneuzeit bezogen, bei Dinges (1988) S. 197 ff.; zur Bettbeschreibung vgl. auch *Herzog Ernst*, V. 2578 ff., und den mittelenglischen Roman *Sir Gawain and the Green Knight*, Fitt III, V. 1180 ff.

1114 *geschwollen* (Hs.), *gedrollen* (Pr.).

1122 f. *Holtz von Bulcanus. das nicht / verprÿnnen kan* (Hs.), *von holze, daz Vulcânus / niht verbrennen enkan* (Pr.). – Parallelen zu Vulkanus und Cassandra schon in Gottfrieds von Straßburg *Tristan*, V. 4932–74; vgl. aber E. Schröder (1913) S. 16 f. und Van d'Elden (1990) S. 114.

1126 *machen* (Hs.), *hânt wan* (Pr.).

1127 *Jn mitten / ze samen gegossen* (Hs.), *mit næten zesamene gezogen* (Pr.).

1128 f. Der Dichter ist sich hier bewußt, daß seine Beschreibung beinah an das Fabulöse heranreicht und daß seine Zuhörer/Leser die Wahrheit seines Berichtes bezweifeln könnten – daher die Versicherung, alles stimme mit den Tatsachen überein; vgl. Köhler (1955/62) und Monecke (1968) zum Wahrheitsproblem in mhd. Dichtung.

1132 *nicht gar* (Hs.), *decke niht* (Pr.).

1139 *desselben* (Hs.), *ûz sabene* (Pr.); *saben* stm. ›feine, weiße Leinwand‹, von mlat. *sabanum*.

1144 *Spanne* ist ein altes Längenmaß von etwa 20–25 cm. Als Meßeinheit wurde der Abstand zwischen den Spitzen vom Daumen und Mittelfinger der gespreizten Hand genommen.

1146 f. Nur noch bei Konrad von Würzburg (*Partonopier*, V. 1130 ff.) findet sich ein solcher Typus von *descriptio*, doch kennt auch er kein Tier *alfurt*; vgl. Reinitzer (1976) S. 104. Das Wort ist wohl am besten als handschriftlich verderbtes afrz. *ostruche* (*avistruthius* ›Vogel Strauß‹) zu deuten; so E. Schröder (1919) S. 288; Reinitzer (1976) S. 108 ff. lehnt allerdings diese Auslegung ab und befürwortet eine Interpretation als ›Panther‹ oder ›Phönix‹.

1148 Diese Anspielung auf Marokko bedeutet bloß, daß das Federmaterial äußerst selten und höchst wertvoll ist, denn je weiter entfernt der Ursprungsort bestimmter Materialien im Mittelalter ist, desto höher wird sein Wert eingeschätzt. Zur Lokalisierung von Marokko laut Aussage der dichterischen Texte des Mittelalters vgl. Reinitzer (1976) S. 105; nach Harvey (1961) S. 61 sei der Hinweis auf den König von Marokko aus Heinrichs von Veldeke *Eneit* (V. 7330 ff.) entlehnt.

1149 *im* (Hs.), *über* (Pr.).

1152 *ê* ergänzt von Pr. – Nach homerischem Bericht gelangte Aeneas auf seiner Flucht aus dem brennenden Troja nach Karthago, das von Dido beherrscht wurde. Aeneas durfte aber auf Grund seiner weltgeschichtlichen Bedeutung nicht dort verweilen und mußte weiter nach Europa ziehen, um zum Urvater der römischen bzw. mittelalterlichen Kultur zu werden; vgl. Homers *Ilias* 20,75 ff. Die römischen Dichter Naevius und vor allem Vergil (*Aeneas*) trugen dazu bei, Dido der Nachwelt als sagenhafte Gestalt zu vermitteln; vgl. Ebenbauer (1983) S. 252.

1155 Eine dem dichterischen Bericht durchaus entsprechende bildliche Darstellung eines solchen Bettes befindet sich in dem *Hortus deliciarum* der Herrad von Landsberg (Ende des 12. Jh.s); vgl. Bumke (1986) I, S. 158.

1157–59 *so kan aber ich nicht gesa-/gen bas. wann lat es sein als das. an / seiner gůte geleich* (Hs.). – Die Verse übernehme ich aus der Handschrift.

1164 f. Vgl. Reinitzer, »Zeder und Aloe« (1976).

1166–69 Dieses Bild des Liebespfeils gehört zu den klassischen Topoi aller Liebesschilderungen des Mittelalters; vgl. besonders den *Roman de la Rose* von Guillaume de Lorris und Jean de Meun, hier den ersten, von Guillaume verfaßten Teil, (V. 1681 ff.); zur Liebestheorie, wie sie von den Troubadours entwickelt wurde vgl. Lüderitz (1904). Selbst die Pfeile der ekstatischen Gottesliebe der Mystiker durchbohrten die Herzen der Visionäre.

1182 ff. Wir dürfen keine erotischen Spannungen in dieser Szene erblicken wegen des großen ständischen Unterschieds zwischen beiden und Moriz' außerordentlicher Sehnsucht nach seiner Geliebten. Das nachfolgende Gespräch wäre gut als »small talk« zu umschreiben oder als mhd. *hövesch* ›gesittet‹; ›menschlich ohne reale Konsequenzen‹.

1196 *wie v̊bel jr hertzů* (Hs.), *swie übele ir hêrren zouwe* (Pr.).

1200 ff. Zeitgenössische Chronisten, die meist ein theologisches Studium abgelegt hatten und mehr oder weniger Mitglieder der Kirche waren, äußerten sich fast einmütig negativ über das Turnier und beklagten sehr oft den blutigen, ja tödlichen Ausgang dieser ritterlichen Sportereignisse; vgl. Bumke (1986) I, S. 342 ff. Es scheint jedoch, als wollte der Dichter den Grafen als einen schwächlichen Mann hinstellen, der die wahren Freuden eines Turniers nicht schätzen konnte; evtl. deutet seine Tat auch an, daß er nicht vollkommen in der Turnierkunst ausgebildet ist und somit aus Ungeschicklichkeit seinen Gegner getötet hatte. Dies würde den Kontrast zwischen Moriz und dem Ehemann um so mehr steigern und ersterem das Recht zusprechen, eine Liebesbeziehung mit der Gräfin aufzunehmen. Zu den historischen Anspielungen auf das Turnierverbot seitens König Heinrichs II. von England siehe Anm. zu V. 914 f. Die These, daß der Graf von Beaumunt sich als Versager in dieser Kriegskunst erwiesen hat und somit der öffentlichen Verspottung ausgesetzt ist, findet in Harveys gründlichen Studien zur Geschichte des Turnierwesens ihre Bestätigung (1961, S. 153 f.).

1206 ff. Will der Dichter andeuten, daß die Anforderungen an Moriz überhaupt zu hoch gewesen seien? Wenn die Gräfin ihm bereits früher ihre Liebe gewährt hätte, wäre alles traditionell verlaufen. So aber endet das Geschehen mit einem tragischen Ausgang.

1210 *lachen* (Hs.), *wachen* (Pr.).

1212 Oder: ›in die Tat umgesetzt wird‹.

1214 *Rat* (Hs.), *vart* (Pr.).

1226 *nass* (Hs.), *laz* (Pr.).

1228 f. *gleich als Er wol låg. Ein weÿle / durch sein gemach* (Hs.), *als er læge / ein wîl ruowende durch gemach* (Pr.).

1230 *frawe* (Hs.), *maget* (Pr.).

1232 *Jr leget* (Hs.), *leget ir* (Pr.).

1237 *nit wencken* (Hs.), *entwachen* (Pr.).

1240 *ir* ist Gen.obj. auf Grund der Minnetopik. Grammatisch möglich wäre auch Gen.subj.: ›daß sie ihn zu grüßen unterlassen würde‹, bzw. ›er ihren Gruß nicht wahrnähme‹. – Der Protagonist ist sich der schwierigen Situation bewußt und hütet sich, auch nur den geringsten Fehler in seiner Liebeswerbung zu begehen. Dies ist relevant für die spätere Beurteilung der Schuldfrage.

1245 f. Kokott (1988) S. 376, macht jetzt darauf aufmerksam, daß das Bild des schlafenden Moriz typologische Verwandtschaft mit dem der Pietà aufweist; vgl. *Parzival* 249,14–17; *Willehalm* 61,27–30. Besonders zu erwähnen ist, daß Moriz tatsächlich genauso von Blut und Wunden gezeichnet ist wie der Leichnam Christi; Schwierigkeiten bereitet nur seine Position, denn allein sein Kopf ruht in ihrem Schoß, nicht aber sein ganzer Körper. Ganz im Gegensatz zur Behauptung Kokotts hilft diese Erklärung gerade nicht dazu, die Schuld des Helden zu verstärken und die Entscheidung der Gräfin Moriz gegenüber zu rechtfertigen. Wenn wir hier eine neue Pietà erkennen wollen, und einige Gründe ließen sich durchaus anführen, dann müßte auch Moriz zum neuen ›Heiland‹ in Sachen Liebe erklärt werden.

1251 *vertuon* unregelm. Verb ›vertun, aufbrauchen, verzehren, hingeben, verderben, verschwenderisch leben, verschwenden‹.

1256 *tugentleichen* (Hs.), *tougenlîche* (Pr.).

1257 *lîhte ê komen möhte sîn* verstehe ich hier als Kritik des Autors an der Gräfin, die den Helden unnötig lange hingehalten hatte und ihn damit seiner Kräfte beraubte.

1277 Ihre Verachtung wird deutlich durch den Vergleich mit dem Schaf ausgedrückt und durch ihre nach vorne über ihn gebeugte Position verstärkt, so als ob ein Raubvogel sein Opfer begutachtete; hierin können wir durchaus einen wichtigen Hinweis für die psychologische Deutung des *Moriz* erblicken. Die Beziehung zwischen Mann und Frau wird als Abhängigkeitsverhältnis geschildert. Als Moriz schläft, beäugt sie ihr ›Opfer‹ und läßt es verächtlich fallen. Erst wegen dieser unerträglichen Demütigung kann sich Moriz später aus ihrem Dienst befreien.

1280 *nit wol bewart* (Hs.), *niht unbewart* (Pr.). – Trotz aller gesellschaftlich akzeptierten Erotik bestand jederzeit höchste Lebensgefahr für die Liebenden, denn der Ehemann durfte nach weltlichem Recht die *in flagranti* ertappten Übeltäter auf der Stelle hinrichten, nach kirchlichem Recht dagegen nur verstoßen; vgl. Brundage (1987) S. 306 ff., 386 ff. Interessanterweise interpretierte man vielfach Ehebruch als Resultat eines sexuellen Versagens des Ehemanns und entschuldigte somit das Streben der Frau nach einem Geliebten. Allgemein schrieb man der Frau einen höheren Sexualdrang zu als dem Mann; vgl. Brundage, S. 386. Verständlicherweise beklagt sich hier die Gräfin, ohne den ritterlichen Schutz ihres Geliebten möglicher Bedrohung seitens ihres Mannes ausgesetzt zu sein; vgl. dazu die Erzählung »Yonec« der Marie de France. In Anbetracht der geradezu unmilitärischen Gesinnung ihres Mannes brauchte aber die Gräfin Beaumont im Grunde nichts zu befürchten.

1285 f. *hiure* oder *hiuwer* Adv. ›in diesem Jahr‹; kann aber auch die Bedeutung von *hiute* ›heute‹ annehmen. Oder: ›Heute kommt ihm kein Ausruhen (*gemach*) so teuer.‹

1289 ff. Bereits Wechssler (1898/1900) S. 405 bemerkte die typologische Übereinstimmung zwischen dieser Szene und der Auseinandersetzung zwischen Laudine und Lunete in Hartmanns von Aue *Iwein*. Auch dort muß sich Lunete energisch für den Liebhaber einsetzen, den Laudine zunächst überhaupt nicht beachten will. Erst das Bemühen der untergeordneten Zofe oder Hofdame bringt ans Licht, welche ritterlichen Qualitäten den männlichen Bewerber auszeichnen; diese Beobachtung bestätigt auch Rosenhagen (1924) S. 813 f.

1291 *lieber geverte* (Hs.), *dîner geverte* (Pr.); *geverte* stn., Kollektivum zu *vart* ›Lebensweise, Schicksal‹. – Offensichtlich wendet sich die Zofe hier dem schlafenden Moriz zu.

1305–10 Während die Gräfin (V. 1270 ff.) von Sünde gesprochen hatte, wenn sie ihrem Geliebten nicht die Belohnung für seinen Liebesdienst gewährt, diese Sünde aber allein auf sich bezogen beurteilte und fürchtete, unter dieser Schande leiden zu müssen, argumentiert die Magd hier ganz anders, sie droht nämlich mit dem Verlust der öffentlichen Ehre, da ihre Herrin sich der Verletzung des ungeschriebenen Codes der höfischen Liebe (*unhöveschеit*) schuldig macht. Die höfische Gesellschaft wird als Garantin dieses Liebesdienstes beschworen, selbst wenn sich hier die Gräfin noch nicht darum kümmert.

1315–19 Der Bruch des Liebescodes wird als Signal dafür interpretiert, daß die traditionelle Form der *amor courtois* hier zu einem abrupten Ende gelangen könnte. Die Gräfin bricht also mit einem Prinzip der höfischen Zivilisation. Die Magd appelliert zu Recht an alle Frauen, die von dieser Tat betroffen werden, denn kein Mann besäße von da an die Garantie mehr, daß letztlich auch der allerbeste und unermüdlichste Dienst belohnt werden würde. Das alte Liebesspiel käme damit zu einem Ende, aber auch die mittelalterliche Kultur, d. h. Kultur überhaupt; siehe dazu A. C. (1990).

1320 *danne stee* (Hs.), *anestê* (Pr.).

1322 *bescheiden* rührt nicht von ›Bescheidenheit‹ (lat. *modestia*) her, sondern von ›Bescheid wissen, etwas zu unterscheiden vermögen‹. Derjenige, der Einsicht gewonnen hat, erringt aber letztlich ›Bescheidenheit, Demut‹, womit dann die nhd. Wortbedeutung gewonnen ist. Der Spruchdichter Freidank nennt sein 1215–30 entstandenes Werk *Bescheidenheit*, in welchem er sprichwortartige Lebensweisheiten formuliert.

1323 *nÿmmer* (Hs.), *minner* (Pr.).

1332 *jnen* (Hs.), *im* (Pr.).

1333 Ich verstehe diesen Vers so, daß sich die Zofe direkt auf Moriz bezieht, denn der nachfolgende Text macht deutlich, daß das Pronomen den Protagonisten bezeichnet.

1334 *übele*, *übel* Adv. ›auf böse Art, schwer, schlecht‹. Oder: ›seid ihr übel (mit üblem Erfolg) hergekommen?‹

1335 *dann* (Hs.), *âne* (Pr.).

1336 f. Kokott (1988) S. 377 f. erklärt, daß selbst noch im Mittelalter König Salomon als Liebesnarr angesehen wurde. Indem er hier zitiert wird, ergibt sich die Möglichkeit zur gänzlichen Verurteilung von Minne. Solch eine These ist aber kaum haltbar, denn trotz seiner Torheiten galt Salomon als weiser König und als Vorbild für Liebhaber, denn wenn er noch nicht einmal der Macht der Liebe trotzen konnte, wie wäre es dann einem Ritter à la Moriz möglich? Mit anderen Worten, die Minne wird gerade nicht verworfen, sondern als Grundkonstante der höfischen Kultur charakterisiert.

1345 *steͤtte* (Hs.), *gæhe* (Pr.).

1351 f. Deutlich kommt hier zum Ausdruck, daß die Ehebeziehung in keiner Weise von Liebe bestimmt ist. Ehe war in den meisten Fällen bloß eine gesellschaftliche Form des Zusammenlebens und zum Kinderkriegen bestimmt; vgl. Gaudemet (1987); Andreas Capellanus (1972) S. 153 bzw. Marie de Champagne, die in seinem Traktat einen doch wohl fiktiven Brief an die sich streitenden Liebenden sendet, definierten die Ehe als untauglich für Liebe.

1355 *ein peichte* (Hs.), *ein offeniu bîhte* (Pr.).

1362 ff. Diese Art von Liebesdisput, der schon V. 1266 ff. eingesetzt hat, findet sich vor allem im berühmten Traktat des Andreas Capellanus, *De Amore*, der um 1180–90 am Hof des französischen Königs in Paris geschrieben wurde und die ideologischen Bedingungen der höfischen Kultur des Hochmittelalters exemplarisch formuliert haben mag. Bei Andreas diskutieren allerdings ausschließlich jeweils ein Mann und eine Frau über die angemessenen Formen der Liebesbeziehungen, hier handelt es sich um zwei Frauen. Aber – wie bei Andreas – vertreten die Sprecher immer unterschiedliche soziale Schichten; hier sind es die Gräfin und die ihr bei weitem untergeordnete Zofe. Bereits Rosenhagen (1924) und später Borck (1961) untersuchten die möglichen Abhängigkeitsverhältnisse zwischen *De Amore* und *Moriz*. Leider ist es bisher nicht möglich gewesen, den lateinischen Text aus Frankreich ganz zweifelsfrei als konkretes Vorbild für den deutschen Dichter zu postulieren. Zu Andreas siehe A. Karnein (1985); Bumke (1986) II, S. 505 ff.

1365 *auch* (Hs.), *iu* (Pr.).

1367 *der Sÿ* (Hs.), *ders* (Pr.). – *Sie* kann auch ›Männer‹ meinen.
1368 *nu erliess* (Hs.), *nie enliez* (Pr.).
1370 *auch / ein weÿb hat* (Hs.), *noch ie diu wîp hânt* (Pr.).
1373 Hier wie sehr häufig in mittelalterlicher Dichtung figuriert eine personalisierte Allegorie; vgl. den großen Schatz an allegorischen Figuren in Guillaume de Lorris' und Jean de Meuns *Roman de la Rose*.
1377 *gefüege* (Hs.), *gesige* (Pr.).
1378 *so der* (Hs.), *sô gevüege, daz der* (Pr.).
1387 *scha-/den* (Hs.), *schanden* (Pr.).
1394 *wân* stm. ›nicht völlig gesichertes Wissen, Traum, Illusion, Hoffnung, Verblendung‹. – Das Wort ist hier doppeldeutig: einerseits handelt es sich konkret um einen Traum, aus dem Moriz aufschreckt, zum anderen beruhte sein ganzer Liebesdienst, wie es scheint, auf falschen Hoffnungen.
1397 ff. Der Traum besitzt im Mittelalter visionäre Bedeutung: Parzival wacht nach seiner Nacht auf Munsalvaesche wie gerädert auf, denn schlimme Träume haben ihn geplagt, *Parzival* 245,1 ff.; vgl. Brackert (1989) S. 157 f. Die beliebte Gattung des *Traumgedichts*, wie sie ursprünglich von Cicero in seinem *Somnium Scipionis* (später kommentiert von Macrobius) und von Prudentius in seiner *Psychomachia* entwickelt worden waren (vgl. *Le Roman de la Rose*), steht in enger Beziehung dazu, muß aber dennoch deutlich vom individuellen, psychologisch auslegbaren Traum getrennt werden, wie ihn der Dichter hier einsetzt. Auch Giovanni Boccaccio verfaßte ein berühmtes traum-allegorisches Werk, seine *Amorosa Visione*. Allgemein zum Traum im Mittelalter vgl. Fischer (1978); Régnier-Bohler (1988) S. 385 ff.; Vetere (1988).
1400 Bereits im Traum ist sich Moriz also bewußt, daß sein Schlaf ihn im Sinne der Regeln von *amour courtois* schuldig werden läßt. Er fragt sich demnach zu Recht, auf welche Weise er möglicherweise für seine Schuld büßen könne.
1401 *wenn jch / hulde* (Hs.), *obe ich nû ir hulde* (Pr.).
1405 *barn* stnm. ›Kind, Sohn‹. – Kinder galten im Mittelalter bloß als kleine Erwachsene, das Wort wird hier für die Bezeichnung der Nutzlosigkeit der Magd gebraucht. Zur Geschichte des Kindes zusammenfassend Borst (1983) S. 310 ff.; vgl. Arnold (1980).
1415 *auf mich* (Hs.), *ûf unwizzenden mich* (Pr.).
1416 *Zwar / des* (Hs.), *zewâre des zornes* (Pr.). – Oder: ›vor Eurem Zorn. Ich spähte nach allen Seiten.‹
1421 f. *Sÿ was / vil hart erplichen. von forchte oder / Sÿ zaigete mite.*

Zorn vnd jr vnsite. (Hs.), *sî was vor vorhte erblichen* (Pr.). – Die Fassung im *Heldenbuch* – ›Furcht oder (!) Zorn und Unbeherrschtheit‹ – hat durchaus ihre Logik. Es ist also nicht ganz klar auseinanderzuhalten, ob hier Hans Ried selber kommentierte oder eng am Original blieb. Die Gräfin fürchtete, daß ihre Affäre verraten werden könnte, und kam daher angstbleich im Gesicht dort an.

1435 ff. *da Sÿ hinwider / gie. nÿe wañ daz Sÿ Euch ligen lie. / vnd daz Sy Eůch slaffen liess* (Hs.). – Ich übersetze die Fassung der Hs., folge aber Pr.: *daz ich iuch ligen lieze.*

1455 *mâze* stf., einer der zentralen Begriffe der höfischen Kultur, bedeutet ›Mäßigung, Bändigung des Temperaments, Zivilisiertheit‹; als Verb ›mäßigen, bändigen, beschränken‹. – Der Begriff war Lehnübersetzung von lat. *temperantia* (›Mäßigung‹) und *medietas* (›richtige Mitte zwischen zwei Extremen‹) und findet sich oft zusammen mit *staete*; vgl. Gottfried von Straßburg: *Tristan*, 18017–023; vgl. Bumke (1986) II, S. 416 ff.

1456 Oder: ›mich nicht in solchem Zustand zurücklasse‹ also ›verstoße‹.

1457 *arm* Adj., *arme*, *armuot* stf. ›Armut‹. Der Begriff ist aber weitgehend vom modernen ›Armut‹ unterschieden, weil damit eher eine psychologische Dimension umschrieben ist, nämlich emotionales Elend, Verzweiflung; erst im 13. und 14. Jh. wandelte sich die Bedeutung, seitdem hört man vom ›Armen‹ und ›Bettler‹; der Mystiker Meister Eckhart unterschied zwischen der *paupertas exterior* (materieller Armut des hiesigen Menschen in seiner säkularen Existenz) und der *paupertas interior* (christlicher Armut, Befreiung von den weltlichen Banden an die physischen Güter dieser Welt); vgl. Hernández (1984) S. 118 ff.; zur philologischen Analyse dieses Ausdrucks insbesondere W. Schröder (1960); zur historischen Behandlung des Problems ›Armut‹ im Mittelalter vgl. Mollat (1987).

1460–62 Moriz bekennt sein falsches Verhalten, denn er hätte in der Tat nicht schlafen dürfen, doch verurteilt er das harte und zu rasche Vorgehen seiner Minnedame.

1468 *sind* (Hs.), *sigen* (Pr.).

1469 *geuallen vnd* (Hs.), *unde* (Pr.).

1477 *Sÿ sanfft an* (Hs.), *ir sanfte* (Pr.).

1489 f. *Es solt veste / hertz sein. da Er gesach den schaden sein* (Hs.), *swie veste ein herze wære / obe ez sæhe den schaden swære* (Pr.).

1493 *wenig* (Hs.), *weich* (Pr.).

1494 Hier wie auch sonst drückt sich der Standesunterschied zwischen Herrin und Dienerin in der Auswahl der Personalpronomina aus. Die Dienerin wird in der 2. Pers. Sg., die Herrin aber in der 2. Pers. Pl. angesprochen.

1496–98 Ganz nüchtern betrachtet besteht tatsächlich höchste Lebensgefahr für Moriz, doch hat sich der Graf bereits als unmännliche Person erwiesen, die kaum zu solch gewaltsamer Tat fähig wäre, vor allem, nachdem er den ganzen Tag weinend im Bett gelegen hat, während alle anderen Ritter in großen Freuden das Turnier zu Ende führten. In Verkehrung der eigentlichen Verhältnisse müßten zwar die Sympathien des Lesers/Zuhörers auf seiten des Grafen liegen, da er als einziger über den Tod des Ritters Gewissensbisse verspürt, doch vertauscht der Dichter bewußt die Bewertung des Unfalls, so daß wir den Ehemann zu verachten beginnen. Zu berücksichtigen wäre jedoch, daß es sich hier ›bloß‹ um einen Unfall handelte, also um eine durchaus nicht ungewöhnliche Folge dieses Kriegsspiels; letztlich sollte ja das Turnier den Ritter auf den Ernstfall vorbereiten und verlangte von ihm einen dementsprechenden Einsatz im »Training«. Man vergleiche z. B. »Chaitivel« von Marie de France, wo drei der Anbeter im Turnier getötet werden.

1499 *von dannen / far er* (Hs.), *von diu* (Pr.).

1500 *ab weg* (Hs.), *vare er abe wege* (Pr.).

1511 *verlangen* (Hs.), *erlangen* (Pr.).

1517 *Euch* (Hs.), *mich* (Pr.). – Das Wort *vrouwe* wird – vor allem seit dem 12. Jh. – auch als Anrede verwendet; vgl. Walther von der Vogelweide, L. 74,20; Hartmann von Aue, *Iwein*, V. 5699 ff., 5855 ff.; dazu Schweikle (1989) S. 184.

1521 ff. *zu / jm gan* (Hs.), *zuo zin gân* (Pr.). – Moriz setzt hier alles auf eine Karte und wagt das Ungeheuerliche, nämlich in das private Schlafzimmer der Gräfin und ihres Mannes einzudringen; zugleich wird aber die folgende Handlung illustrieren, welche Meinung er vom Grafen hegt. Offensichtlich braucht er sich vor diesem ›Schwächling‹ nicht zu fürchten!

1527 f. Die Verse stehen in der Hs. nach V. 1510. Ein ganz ähnliches Bild vom Schlafzimmer mit einem Nachtlicht findet sich bei Marie de France in der Erzählung *Yonec* (V. 360–392).

1529 f. In der Hs. stehen die Verse in umgekehrter Folge.

1531 ff. Wir haben uns vorzustellen, daß Moriz noch keine Gelegenheit hatte, sich vom Schmutz und Blut der Schlacht zu reinigen. Erstaunlich nur, daß er sich in dieser Aufmachung im Schoß der Magd ausruhen durfte, ja daß diese ihm nicht half, sich für seine Geliebte zu säubern.

1538 *Er slich / vast* (Hs.), *sleich er harte* (Pr.). – Pretzel scheint nach V. 1536 Punkt zu setzen (fehlt im Text): ›Wie ein Löwe auf der Suche nach Beute schlich er‹. Der Sinn liegt aber darin, daß ein Löwe ebenso blutbeschmiert und furchterregend aussieht, nachdem er sein Fressen beendet hat.

1541 f. *geschehen vnd / lag als ein man. der von sorgen / nicht růen kan* (Hs.), *alse ein rouwec man er lac, / der vor sorgen slâfen niht enmac* (Pr.).

1546 Die Bedeutung ist hier nicht ganz klar. *über lanc* Adv. ›sehr lange‹ paßt nicht ganz, denn der Graf vermag ja gerade nicht lange zu schlafen. Evtl.: ›Eine gewisse Zeit (Länge) lang‹? Vielleicht meint der Dichter: ›dann schlief er wieder tief ein‹. J. W. Thomas (1984) S. 51 übersetzt: »Afterwards, he slept fitfully, but not for long«. Van d'Elden (1990) S. 93 wird Opfer ihrer eigenen Hs.-Hörigkeit, denn sie bietet: »and lay there unable out of sorrow to sleep. Often he would awaken . . .«.

1549–56 In der Hs. folgen die Verse nach V. 1560.

1552 *sprach* (Hs.), *trat* (Pr.).

1557 *erschrac-/ke* (Hs.), *schrê* (Pr.). – Die Bedeutung dieses Bildes liegt darin, daß ein zu Tode erschrockener Mensch sich zumindest mit Hilfe der Gottesanrufung vor dem Teufel retten kann. Doch hier versagt dem Grafen im ersten Augenblick sogar die Sprache.

1559 *zittern* (Hs.), *zêter* (Pr.).

1567 *so* (Hs.), *sâ* (Pr.).

1569 ff. Moriz ist keineswegs so rasend und liebeshungrig, daß er nicht fähig wäre, an dieser Stelle kaltblütig berechnend eine List anzuwenden, um den Aberglauben des Ehemanns für seine Taktik auszunutzen; mittlerweile hat sich seine Gesinnung aber schon erheblich gewandelt, er ist nicht mehr auf Belohnung durch seine Geliebte aus, sondern sucht Rache, vgl. V. 1515 f.
Der Dichter bzw. der Autor seiner Quelle bedienen sich hier eines beliebten und weitverbreiteten Wiedergänger-Motivs, bei dem der Gestorbene beim schuldig Lebenden erscheint und ihn an seine Sünden oder Versprechen gemahnt; vgl. Rosenhagen (1924) S. 805 f., der auf die Erzählungen *Rittertreue, Frauentreue* und *Der Schüler von Paris* hinweist; vgl. Ehrismann (1927) S. 128; weitere Erzähltypen mit dem Wiedergänger-Motiv aus der Frühneuzeit bei Röhricht (1967) I, S. 53 ff., 86 ff.

1578 *schinpain* (Hs.), *kinnebein* (Pr.).

1584 *jch / wayss* (Hs.), *ichn weiz* (Pr.).

1587 Das Ende des Minneglücks bahnt sich nun an, denn wenn der ehemalige Geliebte selbst ins Ehebett steigt und die Frau gewissermaßen vergewaltigt, ist die Idealität von Minne zerstört, Trauer wird also über den Protagonisten zusammenschlagen; vgl. J. W. Thomas (1983) S. 511: »the lady does not grant Moriz his reward in this bed but in her marriage bed, which is defiled by an act of simple adultery from which all romanticism has been stripped«. Im französischen Fablel redet sich allerdings der Held noch heraus und behauptet auf die Fragen des Ehemanns, daß er eine Minneschuld bei seiner Dame sühnen müsse. Diese verzeiht ihm daraufhin auf Drängen ihres Mannes, so daß der Eindringling sich im guten Einvernehmen mit allen zurückziehen kann. Der deutsche Dichter verschärft aber diese Position dialektisch, indem die Minne selber hinterfragt wird. Steinmann (1982) S. 86 erblickt hier eine parodistische Kritik an der ganzen höfischen Gesellschaft.

1588 Der Dichter kommentiert zu Recht, daß solch eine Tat noch nicht vorgekommen sei; dies trifft insoweit zu, als die Ereignisse im Schlafzimmer in keiner Weise irgendwelchen höfischen Vorbildern oder erotischen Szenen der höfischen Dichtung entsprechen. Wir haben hier sozusagen Goethes spätere Definition von »Novelle« vor uns, das unerhörte Ereignis! Zu den unterschiedlichen Definitionen der Novelle vgl. Braak (1974) S. 212 ff.; zur Anwendbarkeit dieses *terminus technicus* auf das Mittelalter vgl. Ziegeler (1988); Strasser (1988).

1600–02 Die Ironie dieser Aussage liegt darin, daß der Dichter indirekt die Gräfin den außerordentlichen Wert dieser novellenartigen Erzählung hervorstreichen läßt; gewissermaßen eine literaturtheoretische Äußerung innerhalb des Textes selber. Obwohl die Rezeption des *Moriz* nicht nachweisbar ist, bestätigt doch die Aufnahme in die Hs. von Hans Ried, daß diese Dichtung noch oder zumindest wieder im 16. Jh. einige Beliebtheit genoß.

1609 *Sÿ kusten / vnd küssten aber* (Hs.), *sî kuste in unde kuste in aber* (Pr.).

1615 Dies ist ein typischer Unsagbarkeitstopos; vgl. z. B. Walther von der Vogelweide: »Under der linden«, L. 39,11. Das spätere Mittelalter nahm aber bald kein Blatt mehr vor den Mund; vgl. Borst (1983) S. 395 ff.

1617 *sůnst* (Hs.), *ungesaget* (Pr.).

1619 f. *also tetten Sÿ auch hie. / Zu handt als ditz ergie* (Hs.). – Hier beschwört der Dichter das Einverständnis mit dem Publikum, weist aber auch darauf hin, daß die angedeutete Handlung zum Menschlich-Allzumenschlichen gehört und gar nicht tabuisiert zu werden brauchte. Die beiden Verse fügen sich gut in die Struktur ein und sollten nicht unterschlagen werden, obwohl sie Pretzel als Eigentum des Schreibers Ried bezeichnete, siehe seinen Apparat, S. 49. – Zur Rolle des ›Spieles‹ in der Minnethematik allgemein und in *Moriz von Craûn* besonders siehe A. C. (1990).

1621 *wîgant* stm. ›Held, Krieger‹ – typischer Ausdruck für die Protagonisten in der Heldendichtung, der deutlich den Unterschied zwischen vorhöfischer und höfischer Dichtung markiert. Ehrismann (1927) S. 132 monierte bereits den Gebrauch dieser altertümlichen Wörter in unserer Erzählung. Es scheint aber, als ob der Dichter an dieser Stelle bewußt auf einen konservativen Ausdruck zurückgreift, denn Moriz handelt ja keineswegs wie ein höfisch geschulter Ritter, sondern nimmt vielmehr die Haltung eines der rächenden Helden der heroischen Zeit ein, wie sie noch vor Troja gekämpft hatten; vgl. V. 59. Diese Übereinstimmung kann nicht zufällig sein und bestätigt vielmehr die Beobachtung einer gut überlegten Struktur im *Moriz* bei Gerlitzki (1970) S. 30 ff., wonach die einzelnen Teile der Dichtung sorgfältig abgewogen aufeinander aufgebaut seien.

1625 f. Das Mittelalter kannte das Widerstandsrecht gegen den Herrscher, d. h., der Feudalherr konnte bei Vertragsbruch auf seiner Seite Vasallen verlieren bzw. überhaupt seines Amtes enthoben werden. Genauso übt Moriz sein Recht auf Vertragswiderruf aus und löst sowohl symbolisch als auch praktisch die Liebesbeziehung mit ihr.

1632 *wîp* wird hier also ununterschieden von *vrouwe* als Geschlechtsbezeichnung eingesetzt, dennoch meint der Dichter nur diejenige Frau, um die ein Ritter werben würde, also doch die adlige Frau; dazu Kasten (1986) S. 269 ff.

1635 Die Kritik an zu strenger Verurteilung des Turnierwesens, auch wenn Todesfälle dabei vorkommen können, ist unüberhörbar. Besonders aber greift Moriz den Grafen dafür an, sich weinend zurückgezogen und damit die Fortsetzung des Turniers gefährdet zu haben, obwohl doch enorme Geldsummen für die Vorbereitung aufgebracht worden seien und die gesamte Ritterschaft darauf brannte, sich bei diesem Ereignis zu erfreuen. Damit soll nicht der Todesfall auf dem Turnier als notwendiges Übel akzeptiert werden, doch braucht diesem Ereignis deswegen nicht gleich ein übergroßes Gewicht zugeschrieben zu werden. Die moderne Analogie dazu wäre der Rennfahrersport. Obwohl regelmäßig schlimme Unfälle passieren, wird keine Kritik am Autorennen selber laut.

1636 *vergelten* stv. ›zurückerstatten, bezahlen, Einkünfte bringen‹. – *vergelten* kann hier auch ›belohnen‹ statt ›bestrafen‹ bedeuten.
1637 *roup* stm. ›Beute, Raub, Plünderung‹. – Der *roup* bezieht sich auf die ihm vorenthaltene Belohnung für seinen Frauendienst. Etwas unverständlich ist, wieso Kokott (1988) S. 380 im Gegensatz zur gängigen Forschungsmeinung postuliert, daß Moriz doch seinen Liebeslohn erhalten, sie also ihre Minne-Verpflichtung erfüllt habe; wenn dem tatsächlich so wäre, dann brauchte Moriz seiner Dame den Ring nicht zurückzugeben. Er kündigt ihr aber den Vertrag auf und beendet damit die Liebesbeziehung.
1641 *darumb Sÿ des můete* (Hs.), *dô er umbe sie sich muote* (Pr.).
1653 Schon Der von Kürenberg stellte *leit* und *liebe* (›Freude‹) gegenüber; MF II,II,9,2; vgl. das Verzeichnis der vielen Stellen, wo die Formel *liep unde leide* in der Minnelyrik auftaucht, bei v. Lieres und Wilkau (1965) S. 74 ff.
1656 *wůnschen* (Hs.), *aber wünschen* (Pr.).
1657 *ÿmmerzu meinem leÿbe* (Hs.), *ze Dienste mînem lîbe* (Pr.).
1659 *ge-/tan* (Hs.), *geborn* (Pr.).
1666 *schaden* (Hs.), *schande* (Pr.). – Während *schade*, swm., als ›Verlust, Nachteil‹ in bezug auf die Gräfin selbst zu übersetzen ist, bedeutet *schande* stf. ›Laster, Schande‹ in bezug auf die Stellung der Frau innerhalb der Gesellschaft. Das öffentliche Ansehen ist in jedem Fall verloren.
1671 *junckfraw wol* (Hs.), *juncvrouwe* (Pr.).
1672 *als / man sol* (Hs.), *wan mit trouwe* (Pr.).
1680 In der Poesie des Mittelalters gab es weitgehend nur zwei Jahreszeiten: Winter und Sommer. Neidhart bedient sich genau dieser Gliederung für seine Lieder: Winterlieder für traurige Situationen, in denen der adlige Liebhaber von den Bauern bei seinen erotischen Abenteuern besiegt wird; Sommerlieder für glückliche Stimmungen, wenn sich die Liebe zwischen dem sog. Reuentaler und dem Bauernmädchen erfüllt. Auch in *Moriz von Craûn* begegnen wir dem zweigeteilten Schema: Sommer und Winter. Im Gegensatz zur gewöhnlichen Situation im Minnesang, wo der frühlingshafte Natureingang meist das glückliche Zusammenfinden der Liebenden schildert, gestaltet der Dichter dieses Motiv um zur Parodie oder sogar Sozialsatire auf die klassische hochhöfische Kultur.
1681 Der ›Wald‹ steht im Mittelalter für die Natur schlechthin außerhalb der eingegrenzten menschlichen Bezirke einschließlich der Gärten. ›Wald‹ bedeutet gleichsam die wilde, nicht-domestizierte Natur; vgl. Waas (1964) S. 19 ff. Auch Tristan und Isolde ziehen

sich in den Wald zurück, finden aber mittendrin einen paradiesischen Ort, ihre Minnegrotte. Das heißt, die Bewertung von ›Wald‹ hängt jeweils vom Kontext ab, ist jedenfalls in *Moriz* durchaus wertneutral, wenn nicht sogar positiv besetzt, denn dort singen die Vögel. Wolfram von Eschenbach zeichnet in seinen *Titurel*-Fragmenten das Bild des *locus amoenus* mitten im Wald, wohin sich Sigune und Schionatulander vor der Gesellschaft zurückgezogen haben, doch ist auch dieser idyllische Ort von einer bedrohlichen Wildnis umgeben. Im übertragenen Sinne wird der utopische Ort durch die harte Realität eingeholt (siehe den Hund *Gardevîaz*). Zu dieser Thematik Schmidt-Cadalbert (1989).

1684 *brümme* ›Ginster‹ soll sonst nicht im Mittelhochdeutschen vorkommen, dafür aber um so öfter im Altfranzösischen; vgl. Ruh (1970/83) S. 150. Das nimmt er als weitere Bestätigung dafür, daß sich der deutsche Dichter weitgehend an das französische Original angelehnt habe. Ruh hält sich hier ganz an Harvey (1961) S. 33 f., die das vielfache Vorkommen von *brimme* und *brimbeer* im Rheinland betont, was als ›Brombeere‹ übersetzt werden kann.

1688 ff. Eine charakteristische Anthropomorphisierung des Waldes, der wir u. a. auch bei Neidhart begegnen, z. B. *Lieder*, Nr. 16, Str. 3. (H. 18,4 ff.); Nr. 17 (H. 19,7); Nr. 20 (H. 22,38), Nr. 26 (H. 29,27) usw.

1692 f. *miesen* swv. ›vermoosen, mit Moos durchsetzt‹; wörtl. ›das Gras war mit Moos weich gepolstert‹; wozu ich ergänze: ›und reich durch Blumen geschmückt‹.

1699 *geligen da* (Hs.), *vor rouwe* (Pr.).

1707 *liebe* (Hs.), *minne* (Pr.).

1705–08 Bereits bei Dem von Kürenberg finden wir dieses poetische Bild der sehnsuchtsvoll Ausschau haltenden Frau (MF II,II,2). Bekannter noch ist das unter Dietmars von Aist Namen überlieferte *Ez stuont ein vrouwe alleine* (MF VIII, IV). Der Dichter des *Moriz von Craûn* bestätigt selbst, daß er sich auf eine literarische Tradition bzw. eine Gepflogenheit von adligen Frauen, die Liebeskummer leiden, bezieht (V. 1705 ff.). Vgl. dazu Sigunes Verhalten in Wolframs *Titurel*, als sich Schionatulander im Krieg befindet und sie sich nach ihm sehnt (V. 117 ff.). Insgesamt liegt hier also ein stark lyrisch geprägtes Stimmungsbild vor, das schon bei den Troubadours und auch später bei den deutschen Minnesängern und anderen Dichtern entwickelt und oft verwendet wurde; vgl. Rosenhagen (1924) S. 804; in kritischer Auseinandersetzung damit Harvey (1961) S. 31; Tomasek (1986) S. 270 f.

1710 Weiße und gepflegte Haut zeichnete den Adligen aus, da er keine oder nur wenig grobe physische Arbeit leisten mußte, vgl. Eco (1959/86); Tervooren (1988); als ein vollendet ausgebildetes Beispiel darf Isolde, die Geliebte Tristans, gelten, denn ihre Hände werden als hermelinweiß beschrieben: »mit harmblanken henden« (V. 8066).

1713 *sang vil wol* (Hs.), *sanc* ... (Pr.). – Die Nachtigall besaß schon im Mittelalter den höchsten Rang als Sängerin; in der Dichtung wird sie oft und ausdrücklich mit der Liebe verbunden, denn sie leitet durch ihren Gesang die Liebesszene ein oder kündet von der Liebe. Gelegentlich wird sie auch als konkretes Symbol der Liebe z. B. von Giovanni Boccaccio (*Decamerone*) oder Oswald von Wolkenstein gerne eingesetzt; vgl. Pfeffer (1985). In *Moriz* reflektiert die Nachtigall jedoch die unglückliche Liebe.

1719 *verslîzen* stv. ›vertun‹. – In Anbetracht der Umstände ihrer Ehe können wir vielleicht sogar annehmen, daß sie mit einem älteren Mann verheiratet ist. Auch wenn es sich bei der Beschwörung ihrer enteilenden Jugend um einen Topos handelt, bestätigen die historischen Erkenntnisse zur Heiratspraxis im Mittelalter, daß Eheschließung als politisches Instrument benutzt wurde, um Machtpositionen zu erwerben, diplomatische Beziehungen zu entwickeln oder schlicht um Geld und Ansehen zu erhalten. Die Sterblichkeitsrate von Frauen war relativ hoch, so daß Männer oft mehrfach heirateten und sich oft wesentlich jüngere Frauen erwarben; vgl. die *Maeren* des Stricker; auch im *Gregorius* des Hartmann von Aue heiratet der Protagonist seine Mutter, ohne daß der Altersunterschied je besonders erwähnt werden würde.

1724 *sol ichs* (Hs.), *ichz* (Pr.).

1727 *gleich* (Hs.), *geslichen* (Pr.).

1740 *ye* (Hs.), *ê* (Pr.).

1743 *rechte* (Hs.), *an rehten trouwen* (Pr.).

1744 *fro måchte* (Hs.), *möhte vrouwen* (Pr.).

1746 *stille* (Hs.), *er stillet* (Pr.). – Sie bezieht sich auf Christus, der nicht nur auf dem Wasser zu gehen fähig war, sondern auch dem Sturm und den Wellen befehlen konnte; vgl. Mt. 14,22 ff.; Lk. 8,22 ff. Das gleiche Wunder erwünscht sie sich hier von Gott. Zugleich bedeutet ihre Anspielung auf die Macht Christi, daß ihr kein Mensch mehr wird helfen können, die Liebe von Moriz zurückzugewinnen.

1750 *mir* (Hs.), *mit* (Pr.). – Vielleicht im *Moriz von Craûn* doppeldeutig: ›Mit Güte, mit aufwendigem Dienst‹?

1753 *ich jn / ye gesach* (Hs.), *im je geschach* (Pr.).
1758 f. *an Rat dick* (Hs.), *âne rât tücke* (Pr.).
1761 f. *nu / rewet mich annders nichtzit. ich wenͤ / daz der weÿber strit* (Hs.), *ich wânde zandern zîten, / daz der wîbe strîten* (Pr.).
1765 *an mir gesprochen* (Hs.), *von mir gebrochen* (Pr.).
1770 Seit dem 13. Jh. taucht das *gebende* als neue modische Erscheinung in Deutschland auf. Es besteht aus einer Kinnbinde und einem gestreiften Stirnband, das wie eine Krone getragen wurde; vgl. Bumke (1986) I, S. 204 f. Hier liegt die Bedeutung allgemeiner im Bild der Fessel, des Gestrickten, d. h. des Netzes; dazu jetzt ausführlich Brüggen (1989) S. 95 ff., 216 ff.
1772 ff. *in* (Hs.), *iu* (Pr.). – Hier setzt der Dichter mit seiner Schlußdidaxe, dem *Epimythion*, ein und spricht somit sein ganzes Publikum an. Die Lehren der Gräfin sollen als Lebenslehren allgemein verstanden werden.
1778 *teuͤchte jung oder Arn* (Hs.), *tiusche zunge diu ist arn* (Pr.).
1780 ff. *rede* (Hs.), *rîme* (Pr.). – Der Dichter sucht eine Entschuldigung für mögliche Ungeschicklichkeiten in seiner Reimkunst und beschuldigt deswegen die deutsche Sprache für ihren groben Klang; allgemein handelt es sich um einen Bescheidenheitstopos. Diese Stelle will den Zuhörer darauf hinweisen, daß der Dichter nach einer Quelle, wahrscheinlich einer französischen, gearbeitet hat, die er nicht mit der gleichen Eleganz wie sein Vorgänger in die deutsche Sprache übersetzen konnte; vgl. Haug (1985) S. 72 f.
1783 f. Tomasek (1986) S. 259 f. deutet diese Verse als selbstbewußten Ausdruck eines deutschsprachigen Dichters des 13. Jh.s, der gerade wegen der Kümmerlichkeit der deutschen Sprache auf seine neuartige Leistung in seiner Muttersprache – wenn auch als Übersetzung aus dem Französischen – stolz sei. Sicherlich hat H. Thomas (1984) S. 327 nicht recht, wenn er gerade aufgrund dieser Verse eine Frühdatierung versucht. Zu bezweifeln ist aber auch Tomaseks Überlegung, daß wir hier einen lateinisch gebildeten Autor sehen müssen. Viel wahrscheinlicher ist, daß sich der Dichter mit den Problemen des Übersetzens an sich abgemüht hat und mit der Bescheidenheitsgeste seine poetische Leistung um so mehr herausstreichen möchte. Parallele Selbstbezichtigungen deutschsprachiger Dichter finden wir bei Thomasin von Zerclaere, im *Daniel von dem Blühenden Tal* des Stricker, schließlich bei Nikolaus von Jeroschin und sogar bei Gottfried von Straßburg; siehe dazu H. Thomas (1984) S. 350 f.

Abkürzungen

ATB	Altdeutsche Textbibliothek
Beitr.	Beiträge zur Geschichte der deutschen Sprache und Literatur
DVjs	Deutsche Vierteljahrsschrift für Literaturwissenschaft und Geistesgeschichte
afrz.	altfranzösich
frz.	französisch
GRM	Germanisch-Romanische Monatsschrift
Hs.	Handschrift
MF	Des Minnesangs Frühling. Unter Benutzung der Ausgaben von Karl Lachmann und Moriz Haupt, Friedrich Vogt und Carl von Kraus bearb. von Hugo Moser und Helmut Tervooren. 38., erneut rev. Aufl. Bd. 1: Texte. Stuttgart 1988.
mhd.	mittelhochdeutsch
mlat.	mittellateinisch
nhd.	neuhochdeutsch
VL	Die deutsche Literatur des Mittelalters. Verfasserlexikon. Unter Mitarb. zahlreicher Fachgenossen hrsg. von Wolfgang Stammler und Karl Langosch. 5 Bde. Berlin 1933–55. – 2., völlig neu bearb. Aufl. Hrsg. von Kurt Ruh [u. a.]. Bd. 1 ff. Berlin 1979 ff.
WdF	Wege der Forschung
ZfdA	Zeitschrift für deutsches Altertum und deutsche Literatur
ZfdPh	Zeitschrift für deutsche Philologie

Bibliographie

Textausgaben

Ritter Mauritius von Erun und Gräfinn Beamunt. Hrsg. von H. F. Maßmann. In: Neues Jahrbuch der Berliner Gesellschaft für Deutsche Sprache und Alterthumskunde (Germania) 9 (1850) S. 103–135 [u. d. T.: »Ritter Mauritius von Erun unde Gräfinn Beamunt«].

Moriz von Craon. Eine altdeutsche Erzählung. Hrsg. von Moriz Haupt. Festgaben für Gustav Homeyer zum 28. Juli 1871. Berlin: Weidmann, 1871. S. 27–89.

Zwei altdeutsche Rittermären. Moriz von Craon. Peter von Staufenberg. Neu hrsg. von Edward Schröder. Berlin: Weidmann, 1894. 4. Aufl. Ebd. 1929. [Zitiert nach der 2. Aufl. 1913.]

Moriz von Craûn. Unter Mitw. von Karl Stackmann und Wolfgang Bachofer im Verein mit Erich Henschel und Richard Kienast hrsg. von Ulrich Pretzel. Tübingen: Niemeyer, 1956. 4., durchges. Aufl. Ebd. 1973. (Altdeutsche Textbibliothek. 45.)

Eine Neuedition wird gegenwärtig von Heimo Reinitzer vorbereitet.

Übersetzungen

Deutsche Erzählungen des Mittelalters. Ins Neuhochdeutsche übertragen von Ulrich Pretzel. München: Beck, 1978. S. 24–54.

Deutsche Dichtung des Mittelalters. Hrsg. von Michael Curschmann und Ingeborg Glier. Bd. 1: Von den Anfängen bis zum hohen Mittelalter. München/Wien: Beck, 1980. S. 703–761. [Gekürzte Fassung.]

Thomas, John Wesley: The Best Novellas of Medieval Germany. Columbia (S. C.): Camden House, 1984.

Moriz von Craûn. Ed. and transl. by Stephanie Cain Van d'Elden. New York / London: Garland, 1990.

Forschungsliteratur

Zu »Moriz von Craûn«

Anderson, Robert: Wortindex und Reimregister zum Moriz von Craûn. Amsterdam 1975.

Bayer, Hans: *âne êre als ein vihe*. Der »Moriz von Craun« und der »Ligurinus« Gunthers von Pairis. In: Mittellateinisches Jahrbuch 16 (1981) S. 180–211.

Bech, Fedor: Zur neuesten Ausgabe von Maurizius und Beamunt. In: Germania 17 (1872) S. 170–177.

Bech, Fedor: Zu »Moriz von Craon«. In: ZfdPh 29 (1897) S. 165–170.

Bein, Thomas: Textkritik: Eine Einführung in die Grundlagen der Edition altdeutscher Dichtung. Göppingen 1990.

de Boor, Helmut: Moriz von Craûn. In: Euphorion 54 (1960) S. 205–208.

de Boor, Helmut: Die höfische Literatur. Vorbereitung, Blüte, Ausklang, 1170–1250. Mit einem bibliogr. Anhang von Dieter Haacke. München [7]1966. S. 145–150.

Borck, Karl Heinz: Zur Deutung und Vorgeschichte des »Moriz von Craûn«. In: DVjs 35 (1961) S. 494–520. Wiederabgedr. in [und zit. nach]: Das Märe. Hrsg. von Karl-Heinz Schirmer. Darmstadt 1983. (WdF 558.) S. 113–144.

Campion, John L.: Randglossen zum »Moriz von Craon«. In: Studies in Honor of Hermann Collitz. Presented by a Group of His Pupils and Friends on the Occasion of his Seventy-Fifth Birthday. Baltimore 1930. S. 203–206.

Classen, Albrecht: Das Spiel mit der Liebe – Leben als Spiel. Versuch einer Neuinterpretation des »Moriz von Craûn«. In: GRM 40 (1990) H. 4. S. 369–398.

Ehrismann, Gustav: Geschichte der deutschen Literatur bis zum Ausgang des Mittelalters. Tl. 2. München 1927. S. 127–132.

Fischer, Hanns: Studien zur deutschen Märendichtung. Tübingen 1968.

Folz, Robert: L'histoire de la chevalerie d'après »Moriz von Craun«. In: Etudes Germaniques 32 (1977) S. 119–128.

Fromm, Hans: Komik und Humor in der Dichtung des deutschen Mittelalters. In: DVjs 36 (1962) S. 320–339, bes. S. 335.

Galabov, Konstantin S.: Reimtechnik in »Moriz von Craun«. In: Annuaire de l'université de Sofia. Fac. hist.-philolog. 22 (1926) H. 4. [Deutsche Zusammenfassung S. 101–105.]

Gentry, Francis G.: A Tale from a City: »Moriz von Craûn«. In: Semper idem et novus. Festschrift for Frank Banta. Ed. by F. G. G. Göppingen 1988. S. 193–207.

Gerlitzki, Günther J.: Die Bedeutung der Minne in »Moriz von Craûn«. Bern 1970.

Glier, Ingeborg: Artes amandi. Untersuchung zu Geschichte, Überlieferung und Typologie der deutschen Minnereden. München 1971.

Harvey, Ruth: Moriz von Craûn and the Chivalric World. Oxford 1961. [Zuerst 1959/60 als Diss. u. d. T.: The Middle High German Versnovelle »Moriz von Craûn«.]

Hatto, Arthur Th.: Moriz von Craun. In: London Medieval Studies 1 (1928) S. 285–304.

Haug, Walter: Literaturtheorie im deutschen Mittelalter. Von den Anfängen bis zum Ende des 13. Jahrhunderts. Eine Einführung. Darmstadt 1985.

Henschel, Erich / Pretzel, Ulrich: Zur Textgestalt des »Moriz von Craûn«. In: Beitr. (Halle) 80 (1958) S. 480–492.

Hoven, Heribert: Studien zur Erotik in der deutschen Märendichtung. Göppingen 1978. S. 42–44.

Karnein, Alfred: »De Amore« in volkssprachlicher Literatur. Untersuchungen zur Andreas-Capellanus-Rezeption in Mittelalter und Renaissance. Heidelberg 1985.

Knapp, Fritz Peter: *Chevalier errand* und *fin' amor*. Das Ritterideal des 13. Jahrhunderts in Nordfrankreich und im deutschsprachigen Südosten. Studien zum »Lancelot en prose«, zum »Moriz von Craûn«, zur »Krone« Heinrichs von dem Türlin, zu Werken des Stricker und zum »Frauendienst« Ulrichs von Liechtenstein. Passau 1986.

Kokott, Hartmut: *Mit grossem schaden an eere*, V. 1718. Zur Minne-Lehre des »Moriz von Craûn«. In: ZfdPh 107 (1988) H. 3. S. 362–385.

Kuhn, Hugo: Minnesangs Wende. 2., verm. Aufl. Tübingen 1967. S. 185.

Leitzmann, Albert: Die Ambraser »Erec«-Überlieferung. In: Beitr. 59 (1935) S. 143–234. Hier bes. S. 200 ff.

Lichtenberg, Heinrich: Die Architekturdarstellungen in der mittelhochdeutschen Dichtung. Münster 1931.

Martin, Ernst: Zu »Moriz von Craon«. In: ZfdA 36 (1892) S. 203–204.

Menhardt, Hermann: Moriz von Craun. In: Beitr. (Tüb.) 78 (1956) S. 471–475.

Meyer, Heinrich: Mauritius am Scheideweg. Ein Nachwort. In: Gerlitzki, Günther J.: Die Bedeutung der Minne in »Moriz von Craûn«. Bern 1970. S. 115–131.

Meyer, Richard M.: Bligger von Steinach. In: Allgemeine deutsche Biographie 35 (1893) S. 668–670.

Meyer, Richard M.: Bligger von Steinach. In: ZfdA 39 (1895) S. 305–326.

Montaiglon, Anatole de / Raynaud, Gaston (Ed.): Recueil général et complet des fabliaux des XIIIe et XIVe siècles. Vol. 6. Fablel CLI. Paris 1890. S. 138–146. Nachdr. New York 1964.

Müller, Ulrich siehe Pretzel (1977).

Ohly, Friedrich: Hölzer, die nicht brennen. In: ZfdA 100 (1971) S. 337–415.

Ortmann, Christa: Die Bedeutung der Minne im »Moriz von Craûn«. In: Beitr. (Tüb.) 108 (1986) S. 385–407.

Paris, Gaston: Comptes Rendus. Zwei altdeutsche Rittermären. Moriz von Craon. Peter von Staufenberg. In: Romania 23 (1894) S. 466–474.

Piper, Paul: Moriz von Craun. In: P. P.: Die Spielmannsdichtung. T. 2. Berlin/Stuttgart 1888. S. 301–305.

Pretzel, Ulrich: Zu »Moriz von Craûn«. Mit einer Entgegnung von Ulrich Müller. In: ZfdPh 96 (1977) S. 437–439, 439–441.

Reinitzer, Heimo: Alfurt: Zu »Moriz von Craûn«, V. 1147. In: ZfdPh 95 (1976) S. 103–109.

Reinitzer, Heimo: Zeder und Aloe. Zur Herkunft des Bettes Salomos im »Moriz von Craûn«. In: Archiv für Kulturgeschichte 58 (1976) S. 1–34.

Reinitzer, Heimo: Zu den Tiervergleichen und zur Interpretation des »Moriz von Craûn«. In: GRM 27 (1977) S. 1–18.

Rosenhagen, Gustav: Deutsches und Französisches in der mhd. Märe »Moriz von Craun«. In: DVjs 2 (1924) S. 795–815.

Rosenhagen, Gustav: Moriz von Craûn. In: VL. Bd. 3. Berlin 1943. Sp. 432–434.

Ruh, Kurt: Moriz von Craûn. Eine höfische Thesenerzählung aus Frankreich. In: Formen mittelalterlicher Literatur. Hrsg. von Otmar Werner und Bernd Naumann. Göppingen 1970. S. 77–90. Wiederabgedr. in [und zit. nach]: Das Märe. Hrsg. von Karl-Heinz Schirmer. Darmstadt 1983. S. 145–163; und in: Kurt Ruh: Kleinere Schriften. Hrsg. von Volker Mertens. Bd. 1. Berlin 1984. S. 129–144.

Schirmer, Karl-Heinz: Stil- und Motivuntersuchungen zur mhd. Versnovelle. Tübingen 1969.

Schneider, Hermann: Heldendichtung, Geistlichendichtung, Ritterdichtung. In: Geschichte der deutschen Literatur. Neu hrsg. von Albert Köster und Julius Petersen. Bd. 1. Heidelberg ²1943. S. 259.

Schreiber, Hans: Studien zum Prolog in mittelalterlicher Dichtung. Diss. Bonn 1935. S. 13–16.

Schröder, Edward: Kritisches und Exegetisches zu altdeutschen Dichtern. In: ZfdA 38 (1894) S. 95–105.

Schröder, Edward: Zu »Moriz von Craon«. In: ZfdA 43 (1899) S. 257–264.

Schröder, Edward: Zum Text des »Moriz von Craon«. In: ZfdA 56 (1919) S. 288.

Schröder, Franz Rolf: Zum »Moriz von Craon«. In: GRM 35 (1954) S. 337–340.

Schwietering, Julius: Typologisches in mittelalterlicher Dichtung. In: Vom Werden des deutschen Geistes. Festgabe für Gustav Ehrismann. Berlin/Leipzig 1925. S. 40–55. Wiederabgedr. in: Philologische Schriften. Hrsg. von Friedrich Ohly und Max Wehrli. München 1969. S. 269–281.

Schwietering, Julius: Die deutsche Dichtung des Mittelalters. Darmstadt ²1957. S. 134 f., 147 f.

Schwietering, Julius: Mystik und höfische Dichtung im Hochmittelalter. Darmstadt 1960. S. 22 f.

Seeger, Lothar Georg: The Middle High German Epic »Moriz von Craon« and the ›New Morality‹. In: Susquehanna University Studies 8 (1970) S. 259–269.

Spanke, Hans: Deutsche und französische Dichtung des Mittelalters. Stuttgart/Berlin 1943. S. 64.

Singer, S.: Salomosagen in Deutschland. In: ZfdA 35 (1891) S. 177–187, bes. S. 82 f.

Stackmann, Karl: Die mhd. Versnovelle »Moriz von Craun«. Diss. Hamburg 1947. [Masch.]

Steinmann, Petra: Moriz von Craûn. Versuch einer Interpretation. M. A. Thesis. University of Houston (Tex.) 1982.

Thomas, Heinz: Zur Datierung, zum Verfasser und zur Interpretation des »Moriz von Craûn«. In: ZfdPh 103 (1984) S. 321–365.

Thomas, Heinz: Ordo Equestris – Ornamentum Imperii. Zur

Geschichte der Ritterschaft im »Moriz von Craûn«. In: ZfdPh 106 (1987) H. 3. S. 341–353.

Thomas, J. Wesley: Structure and Interpretation in Four Medieval German Novellas. In: Spectrum Medii Aevi. Essays in Early German Literature in Honor of George Fenwick Jones. Ed William C. McDonald. Göppingen 1983. S. 509–520.

Thomas, J. Wesley: The Best Novellas of Medieval Germany. Transl. with an Introd. Columbia 1984.

Tomasek, Tomas: Die mhd. Verserzählung »Moriz von Craûn«. Eine Werkdeutung mit Blick auf die Vor-Geschichte. In: ZfdA 115 (1986) S. 254–283.

Van d'Elden, Stephanie Cain: Lessons on Chivalry: Moriz von Craûn. In: in hôhem prîse. A. Festschrift in Honor of Ernst S. Dick. Ed. Winder McConnell. Göppingen 1989. S. 1–10.

Wallner, Anton: Zum Text des »Moriz von Craûn«. In: ZfdA 56 (1919) S. 132–135.

Wallner, Anton: Moriz von Craon 1743. In: ZfdA 64 (1927) S. 89.

Wechssler, Eduard: Frauendienst und Vasallität. In: Zeitschrift für französische Sprache und Litteratur 24 (1902) S. 159–190.

Wechssler, Eduard: Art. in: Kritische Jahresberichte über die Fortschritte der Romanischen Philologie 4 (1898/1900) H. 2. S. 404 bis 405.

Wechssler, Eduard: Bemerkungen zu einer Geschichte der französischen Heldensage. In: Zeitschrift für romanische Philologie 25 (1900) S. 449–471.

Wehrli, Max: Geschichte der deutschen Literatur vom frühen Mittelalter bis zum Ende des 16. Jahrhunderts. Stuttgart 1980. S. 249, 260–262, 343, 524, 529.

Weißer Hermann: Die deutsche Novelle im Mittelalter. Freiburg i. Br. 1926. S. 56 f.

Ziegeler, Hans-Joachim: Moriz von Craûn. In: VL. Bd. 6. Berlin / New York ^{2}1987. Sp. 692–700.

Zothe, Hildegard: Wörterbuch zu »Moriz von Craûn«. Diss. Wien 1947. [Masch.]

Zwierzina, Konrad: Mittelhochdeutsche Studien. In: ZfdA 44 (1900) S. 345–406, bes. S. 345 ff.

Zwierzina, Konrad: Mittelhochdeutsche Studien. In: ZfdA 45 (1901) S. 19–100.

Allgemeine Literatur

Andreae Cappellani Regii Francorum: De Amore. Libri tres. Recensuit Emil Trojel. Ed. alt. Nachdr. der Ausg. Hannover 1892. München 1972.

Arentzen, Jörg / Ruberg, Uwe (Hrsg.): Die Ritteridee in der deutschen Literatur des Mittelalters. Eine komm. Anthologie. Darmstadt 1987.

Arnold, Klaus: Kind und Gesellschaft in Mittelalter und Renaissance. Beiträge und Texte zur Geschichte der Kindheit. Paderborn/München 1980.

Bäuml, Franz: Some Aspects of Editing the Unique Manuscript: A Criticism of Method. In: Orbis litterarum 16 (1961) S. 27–33.

Bäuml, Franz: Mittelalter. In: Geschichte der deutschen Literatur. Kontinuität und Veränderung. Vom Mittelalter bis zur Gegenwart. Hrsg. von E. Bahr [u. a.]. Tübingen 1987. S. 1–244.

Beer, Jeanette: Narrative Conventions of Truth in the Middle Ages. Genf 1981.

Borst, Otto: Alltagsleben im Mittelalter. Frankfurt a. M. 1983.

Braak, Ivo: Poetik in Stichworten. Literaturwissenschaftliche Grundbegriffe. 5., durchges. Aufl. Kiel 1974.

Brackert, Helmut: *der lac an riterschefte tôt*. Parzival und das Leiden der Frauen. In: Ist zwîvel herzen nâchgebur. Günther Schweikle zum 60. Geburtstag. Hrsg. von Rüdiger Krüger [u. a.]. Stuttgart 1989. S. 143–163.

Broussillon, Bertrand de: La maison de Craon, 1050–1480. Etude historique accompagnée du cartulaire de Craon. 2 Bde. Paris 1893.

Brüggen, Elke: Kleidung und Mode in der höfischen Epik des 12. und 13. Jahrhunderts. Heidelberg 1989.

Brundage, James A.: Law, Sex, and Christian Society in Medieval Europe. Chicago/London 1987.

Bumke, Joachim: Höfische Kultur. Literatur und Gesellschaft im hohen Mittelalter. 2 Bde. München ²1986.

Burchardt, Kurt: Das mhd. Gedicht von der Frauentreue. Diss. Berlin 1910.

Chaucer, Geoffrey: The Works of Geoffrey Chaucer. Ed. Frederic W. Robinson. Oxford/London/Melbourne ²1957. – Dt.: Geoffrey Chaucer: Die Canterbury-Erzählungen. Vollst. Ausg. Aus dem Engl. übertr. und hrsg. von Martin Lehnert. Frankfurt a. M. 1987.

Chrestien de Troyes: Cligès. Publ. par Alexandre Micha. Paris 1982.

Classen, Albrecht: Keie in Wolframs von Eschenbach »Parzival«: Agent Provocateur oder Angeber? In: Journal for English and Germanic Philology 87 (1988) H. 3. S. 382–405.

Classen, Albrecht: Erotik als Spiel, Spiel als Leben, Leben als Erotik. Komparatistische Überlegungen zur Literatur des europäischen Mittelalters. In: Mediaevistik 2 (1989) S. 7–42.

Contamine, Philippe: Peasant Hearth to Papal Palace: The Fourteenth and Fifteenth Centuries. In: A History of Private Life. Hrsg. von Philippe Ariès und Georges Duby. Bd. 2: Revelations of the Medieval World. Ins Engl. übers. von Arthur Goldhammer. Cambridge (Mass.) / London 1988. S. 425–505. [Zuerst ersch. u. d. T.: Histoire de la vie privée. Paris 1985. S. 421–501.]

Dinges, Martin: Stadtarmut in Bordeau 1525–1675. Alltag, Politik, Mentalitäten. Bonn 1988.

Duby, Georges: Die drei Ordnungen. Das Weltbild des Feudalismus. Frankfurt a. M. 1981.

Duby, Georges: Solitude: Eleventh to Thirteenth Century. In: A History of Private Life. Hrsg. von Philippe Ariès und G. D. Bd. 2: Revelations of the Medieval World. Ins Engl. übers. von Arthur Goldhammer. Cambridge (Mass.). / London 1988. S. 507–534. [Zuerst ersch. u. d. T.: Histoire de la vie privée. Paris 1985. S. 502–526.]

Duckworth, James: Gregorius: A Medieval Man's Discovery of his True Self. Göppingen 1985.

Ebenbauer, Alfred: Antike Stoffe. In: Epische Stoffe des Mittelalters. Hrsg. von Volker Mertens und Ulrich Müller. Stuttgart 1984. S. 247–289.

Eco, Umberto: Art and Beauty in the Middle Ages. Transl. by Hugh Bredin. New Haven / London ²1986. [Zuerst ersch. u. d. T.: Momenti e problemi di storia dell'estetica. Mailand 1959.]

Fischer, Steven R.: The Dream in the Middle High German Epic. Introduction to the Study of the Dream as a Literary Device to the Younger Contemporaries of Gottfried and Wolfram. Bern [u. a.] 1978.

Fleckenstein, Josef (Hrsg.): Das ritterliche Turnier im Mittelalter: Beiträge zu einer vergleichenden Formen- und Verhaltensgeschichte des Rittertums. Göttingen 1985.

Gamber, Ortwin: Die Bewaffnung der Stauferzeit. In: Die Zeit der Staufer. Geschichte – Kunst – Kultur. Katalog der Ausstellung. Bd. 3: Aufsätze. Stuttgart 1977. S. 113–118.

Gaudement, Jean: Le marriage en occident. Les moeurs et le droit. Paris 1987.

Gentry, Francis G.: »Ex oriente lux«: ›Translatio‹-Theory in Early Middle High German Literature. In: Spectrum Medii Aevi. Essays in Early German Literature in Honor of George Fenwick Jones. Ed. William C. McDonald. Göppingen 1983. S. 119–137.

Goez, Werner: Translatio Imperii. Ein Beitrag zur Geschichte des Geschichtsdenkens und der politischen Theorien im Mittelalter und in der frühen Neuzeit. Tübingen 1958.

Gosse, Philip: The History of Piracy. New York 1932. Nachdr. 1968.

Gottfried von Sraßburg: Tristan. Nach dem Text von Friedrich Ranke neu hrsg., ins Neuhochdeutsche übers., mit einem Stellenkomm. und einem Nachw. von Rüdiger Krohn. 3 Bde. Stuttgart 1980.

Grabes, Herbert: Speculum, Mirror und Looking Glass. Kontinuität und Originalität der Spiegelmetapher in den Buchtiteln des Mittelalters und der englischen Literatur des 13. bis 17. Jahrhunderts. Tübingen 1973.

Grimm, Jacob: Deutsche Mythologie. 3 Bde. Nachdr. der 4. Aufl. Berlin 1875–78. Darmstadt 1965.

Guenèe, Bernard: Histoire et culture historique dans l'occident médiéval. Paris 1980.

Guillaume de Lorris / Jean de Meun: Roman de la Rose. Der Rosenroman. Übers. und eingel. von Karl August Ott. München 1976.

Guy de Poerck: La draperie médiévale en Flandre et en Artois. Technique et Terminologie. 3 Bde. Brügge 1951.

Haage, Bernhard D.: Heilkunde im »Tristan« Gottfrieds von Straßburg. In: Lambertus Okken: Kommentar zum Tristan-Roman Gottfrieds von Straßburg. Bd. 3. Amsterdam 1988. S. 185–220.

Hartmann von Aue: Der arme Heinrich. Hrsg. von Hermann Paul. Bes. von Ludwig Wolff. 14., neu bearb. Aufl. Tübingen 1972. (ATB 3.)

Hartmann von Aue: Iwein. Text der 7. Ausg. hrsg. von Georg Friedrich Benecke, Karl Lachmann, Ludwig Wolff. Übers. und Anm. von Thomas Cramer. 3., durchges. Aufl. Berlin / New York 1981.

Hartmann von Aue: Erec. Hrsg. von Albert Leitzmann. Fortgef. von Ludwig Wolff. 6. Aufl. bes. von Christoph Cormeau und Klaus Gärtner. Tübingen 1985. (ATB 39.)

Haug, Walter: Der Artusritter gegen das magische Schachbrett, oder Das Spiel, bei dem man immer verliert. In: Jahrbuch der Oswald-von-Wolkenstein-Gesellschaft 1 (1980/81) S. 7–28.

Haug, Walter: Literaturtheorie im deutschen Mittelalter. Von den Anfängen bis zum Ende des 13. Jahrhunderts. Eine Einführung. Darmstadt 1985.

Heinrich van Veldeke: Eneide. Hrsg. von Gabriele Schieb und Theodor Frings. Berlin 1964.

Herbort's von Fritslar liet von Troye. Hrsg. von G. Karl Frommann. Quedlinburg/Leipzig 1837. Nachdr. Amsterdam 1966.

Hernández, Julio A.: Studien zum religiös-ethischen Wortschatz der deutschen Mystik. Die Bezeichnung und der Begriff des Eigentums bei Meister Eckhart und Johannes Tauler. Berlin 1984.

Herzog Ernst, ein mittelalterliches Abenteuerbuch. In der mhd. Fassung B mit den Bruchstücken der Fassung A. Hrsg. und übers. von Bernd Sowinski. Stuttgart 1970. Durchges. und verb. Ausg. 1979.

Huebner, Alfred: Alexander der Große in der deutschen Dichtung des Mittelalters. In: A. H.: Kleine Schriften zur deutschen Philologie. Hrsg. von Hermann Kunisch und Ulrich Pretzel. Berlin 1940. S. 187–197.

Jaeger, Stephen C.: The Origins of Courtliness – Civilizing Trends and the Formation of Courtly Ideals – 939–1210. Philadelphia 1985.

Janota, Johannes: Ambraser Heldenbuch. In: VL. Bd. 1. Berlin / New York ²1978. Sp. 323–327.

Kaiser, Gert: Der Ritter in der deutschen Literatur des hohen Mittelalters. In: Das Ritterbild in Mittelalter und Renaissance. Hrsg. vom Forschungsinstitut für Mittelalter und Renaissance. Düsseldorf 1985. S. 37–50.

Kasten, Ingrid: Frauendienst bei Trobadors und Minnesängern im 12. Jahrhundert. Zur Entwicklung und Adaptation eines literarischen Konzepts. Heidelberg 1986.

Katzenmeier, Ursula: Das Schachspiel des Mittelalters als Strukturierungsprinzip der Erec-Romane. Heidelberg 1989.

Klassen, E.: Geschichts- und Reichsbetrachtung in der Epik des 12. Jahrhunderts. Würzburg 1938.

Köhler, Erich: Zur Selbstauffassung des höfischen Dichters. In: Der Vergleich. Festgabe für Hellmut Petriconi zum 1. April 1955. Hrsg. von R. Grossmann [u. a.] Hamburg 1955. Wiederabgedr. in [und zit. nach]: Zum mittelalterlichen Literaturbegriff. Hrsg. von Barbara Haupt. Darmstadt 1985 (WdF 557). S. 133–154.

Konrad von Würzburg: Partonopier und Meliur. Aus dem Nachlasse von Franz Pfeiffer hrsg. von Karl Bartsch. Mit einem Nachw. von Rainer Gruenter [u. a.]. Berlin 1970.

Lewis, Archibald R. / Runyan, Timothy J.: European Naval and Maritime History, 300–1500. Bloomington 1985/1990.

Lexer, Matthias: Mittelhochdeutsches Handwörterbuch. Zugleich als Supplement und als alphabetischer Index zum Mittelhochdeutschen Wörterbuch von Benecke/Müller/Zarncke. 3 Bde. Leipzig 1872–78. Nachdr. 1979.

Lieres und Wilkau, Marianne v.: Sprachformeln in der mittelhochdeutschen Lyrik bis zu Walther von der Vogelweide. München 1965.

Lüderitz, Anna: Die Liebestheorie der Provençalen bei den Minnesingern der Stauferzeit. Berlin 1904.

Das Märe. Die mhd. Versnovelle des späteren Mittelalters. Hrsg. von Karl-Heinz Schirmer. Darmstadt 1983.

Marie de France: Die Lais. Übers., mit einer Einl., einer Bibliogr. sowie Anm. vers. von Dietmar Rieger unter Mitarb. von Renate Kroll. München 1980.

Menhardt, Hermann: Verzeichnis der altd. literarischen Handschriften der Österreichischen Nationalbibliothek. 3 Bde. Berlin 1960/61.

Des Minnesangs Frühling. Unter Benutzung der Ausgaben von Karl Lachmann und Moriz Haupt, Friedrich Vogt und Carl von Kraus, bearb. von Hugo Moser und Helmut Tervooren. 38., erneut rev. Aufl. Bd. 1: Texte. Stuttgart 1988.

Mollat, Michel: Die Armen im Mittelalter. Aus dem Frz. von Ursula Irsigler. München [2]1987.

Monecke, Wolfgang: Zum Wahrheitsproblem der epischen Dichtung. In: Studien zur epischen Technik Konrads von Würzburg. Stuttgart 1968. Wiederabgedr. in [und zit. nach]: Zum mittelalterlichen Literaturbegriff. Hrsg. von Barbara Haupt. Darmstadt 1985 (WdF 557).

Müller, Jan-Dirk: Gedechtnus. Literatur und Hofgesellschaft um Maximilian I. München 1982.

Der münch mit dem genßlein. 13 spätmittelalterliche Verserzählungen. Aus dem Codex Karlsruhe 408. Hrsg. und erl. von Rolf Max Kully und Heinz Rupp. Stuttgart 1972.

Neidhart: Die Lieder Neidharts. Der Textbestand der Pergament-Handschriften und die Melodien. Text und Übertragung, Einführung und Worterklärungen, Konkordanzen von Siegfried Beyschlag. Edition der Melodien von Horst Brunner. Darmstadt 1975.

Das Nibelungenlied. Nach der Ausgabe von Karl Bartsch. Hrsg. von Helmut de Boor. 13., neu bearb. Aufl. Wiesbaden 1956.

Nickel, Helmut: The Tournament: An Historical Sketch. In: The Study of Chivalry. Resources and Approaches. Ed. by Howell Chickering and Thomas H. Seiler. Kalamazoo (Mich.) 1988. S. 213–262.

Nickel, Helmut: Ullstein-Waffenbuch. Eine Kulturhistorie. Berlin [u. a.] 1974.

Oswald von Wolkenstein: Die Lieder. Unter Mitwirkung von Walter Weiß und Notburga Wolf hrsg. von Karl Kurt Klein. Musikanhang von W. Salmen. 3., neubearb. und erw. Aufl. von Hans Moser [u. a.]. Tübingen 1987. (ATB 55.)

Ott, Norbert H.: Garten. Westliches Europa. I: Zur Überlieferung in Fachliteratur, Dichtung und bildender Kunst. In: Lexikon des Mittelalters. Bd. 4. Lfg. 6. Hrsg. von Bruno Mariacher [u. a.]. München 1989. Sp. 1121 f.

Ott-Meimberg, Marianne: Karl, Roland, Guillaume. In: Epische Stoffe des Mittelalters. Hrsg. von Volker Mertens und Ulrich Müller. Stuttgart 1984. S. 81–110.

Pfeffer, Wendy: The Change of Philomel: The Nightingale in Medieval Literature. Bern [u. a.] 1985.

Régnier-Bohler, Danielle: Imagining the Self. In: A History of Private Life. Bd. 2: Revelations of the Medieval World. Ed. Georges Duby. Übers. ins Engl. von Arthur Goldhammer. Cambridge (Mass). / London 1988. S. 311–394. [Zuerst ersch. u. d. T.: *Histoire de la vie privée*. Paris 1985. S. 311–392.]

Reuter, Hans-Georg: Die Lehre vom Ritterstand. Zum Ritterbegriff in Historiographie und Dichtung vom 11. bis zum 13. Jahrhundert. Köln/Wien [2]1975.

Röcke, Werner: Die Wahrheit der Wunder. Abenteuer der Erfahrung und des Erzählens im »Brandan«- und Apollonius-Roman. In: Wege in die Neuzeit. Hrsg. von Thomas Cramer. München 1988. S. 252–269.

Röhricht, Lutz (Hrsg.): Erzählungen des späten Mittelalters und ihr Weiterleben in Literatur und Volksdichtung bis zur Gegenwart. Bd. 2. München/Bern 1967.

Rosenfeld, Hans-Friedrich / Rosenfeld, Hellmut: Deutsche Kultur im Spätmittelalter. Wiesbaden 1978.

Ruh, Kurt: Zur Motivik und Interpretation der ›Frauentreue‹. In: Beitr. (Tüb.) 95 (1973). Sonderh. S. 258–272. Wiederabgedr. in [und zit. nach]: Das Märe. Hrsg. von Karl-Heinz Schirmer. Darmstadt 1983 (WdF 558). S. 164–179.

Salmen, Walter: Der Spielmann im Mittelalter. Innsbruck 1983.

Sandgruber, Roman: Alltag und materielle Kultur. Städtischer Lebensstil und bürgerliche Wohnkultur am Beispiel zweier oberösterreichischer Städte des 16. Jahrhunderts. In: Alltag im 16. Jahrhundert. Studien zu Lebensformen in mitteleuropäischen Städten. Hrsg. von Alfred Kohler und Heinrich Lutz. Wien 1987. S. 23–44.

Sankt Brandan. Zwei frühneuhochdeutsche Prosafassungen. Der erste Augsburger Druck von Anton Sorg (um 1476) und die Brandan-Legende aus Gabriel Rollenhagens »Vier Bücher Indianischer Reisen«. Hrsg. von Rolf D. Fay. Stuttgart 1985.

Schaik, Martin van: Musik. In: Lambertus Okken: Kommentar zum Tristan-Roman Gottfrieds von Straßburg. Bd. 2. Amsterdam 1984. S. 163–224.

Schall, Ute: Anker, 1 A. In: Lexikon des Mittelalters. Bd. 1. Lfg. 4. Hrsg. von Liselotte Lutz [u. a.]. München 1979. Sp. 652.

Scherr, Johannes: Deutsche Kultur- und Sittengeschichte. Leipzig 1938.

Schmidt-Cadalbert, Christian: Der wilde Wald. Zur Darstellung und Funktion eines Raumes in der mhd. Literatur. In: Gotes und der werlde hulde. Literatur im Mittelalter und Neuzeit. Festschrift für Heinz Rupp zum 70. Geburtstag. Hrsg. von Rüdiger Schnell. Bern/Stuttgart 1989. S. 24–47.

Schnell, Rüdiger: Die ›höfische‹ Liebe als ›höfischer‹ Diskurs. In: Curialitas. Studien zu Grundfragen der höfisch-ritterlichen Kultur. Hrsg. von Josef Fleckenstein. Göttingen 1990. S. 231–301.

Schröder, Werner: Armuot. In: DVjs 34 (1960) S. 501–526. Wiederabgedr. [und zit. nach]: W. S.: Wolfram von Eschenbach. Bd. 1: Spuren und Werke. Kleinere Schriften I. Stuttgart 1989. S. 48 bis 73.

Schweikle, Günther: Minnesang. Stuttgart 1989. (Sammlung Metzler. 244.)

Sir Gawain and the Green Knight. A Dual-Language Version. Ed. and transl. by William Vantuono. New York/London 1991.

Spufford, Peter: Handbook of Medieval Exchange. London 1986.

Stock, Brian: The Implications of Literacy. Written Language and Models of Interpretation in the Eleventh and Twelfth Centuries. Princeton (N. J.) 1983.

Strasser, Ingrid: Fabliaux, Mären, die Lehre des *argumentum* und der moderne Roman. In: Kleinere Erzählformen im Mittelalter: Paderborner Colloquium 1987. Hrsg. von Klaus Grubmüller [u. a.]. Paderborn [u. a.] 1988 S. 33–44.

Tervooren, Helmut: Schönheitsbeschreibung und Gattungsethik in der mittelhochdeutschen Lyrik. In: Schöne Frauen – Schöne Männer: Literarische Schönheitsbeschreibungen. 2. Kolloquium der Forschungsstelle für europäische Literatur des Mittelalters. Hrsg. von Theo Stemmler. Mannheim 1988. S. 171–198.

Thomasin von Zerclaere: Der welsche Gast. Hrsg. von Friedrich Wilhelm v. Kries. Bd. 1: Einleitung, Überlieferung, Text, die Varianten des Prosavorworts. Göppingen 1984.

Thornton, Thomas Perry: Die Schreibgewohnheiten Hans Rieds im Ambraser Heldenbuch. In: ZfdPh 81 (1962) S. 52 ff.

Thrower, Rayner: The Pirate Picture. London [u. a.] 1980.

Ulrich von Liechtenstein: Frauendienst. Hrsg. von Franz Viktor Spechtler. Göppingen 1987.

Unger, Richard W.: Ships and Shipbuilding, Northern Europe. In: Dictionary of the Middle Ages. Ed. J. R. Strayer. New York 1988. S. 238–245.

Unterkircher, Franz (Hrsg.): Ambraser Heldenbuch. Vollständige Faksimile-Ausgabe in Originalformat des Codex Vindobonensis. Ser. nova 2663 der Österreichischen Nationalbibliothek. Graz 1973.

Vetere, Benedetto: I sogni nel medioevo. In: Mediaevistik 1 (1988) S. 185–192.

Waas, Adolf: Der Mensch im deutschen Mittelalter. Graz/Köln 1964.

Walther von der Vogelweide. Hrsg. von Karl Lachmann. 13., aufgrund der 10. von Carl von Kraus bearb. Ausg. neu hrsg. von Hugo Kuhn. Berlin 1965.

Wehrli, Max: Literatur im deutschen Mittelalter. Eine poetologische Einführung. Stuttgart 1984.

Wierschin, Martin: Das »Ambraser Heldenbuch« Maximilians I. In: Der Schlern 50 (1976) S. 429–441, 493–507, 557–570.

Wolfram von Eschenbach: Werke. 6. Aufl. von Karl Lachmann. Unver. Neudr. der Ausg. Berlin 1926. Berlin / New York 1965.

Worstbrock, Franz Josef: Translatio artium. Über die Herkunft und Entwicklung einer kulturhistorischen Theorie. In: Archiv für Kulturgeschichte 4 (1965) S. 1–22.

Zijlstra-Zweens, M. H.: Kostüm und Waffen. In: Lambertus Okken: Kommentar zum Tristan-Roman Gottfrieds von Straßburg. Bd. 2. Amsterdam 1985. S. 225–342.

Ziegeler, Hans-Joachim: Boccaccio, Chaucer, Mären, Novellen: »The Tale of the Cradle«. In: Kleinere Erzählformen im Mittelalter. Paderborner Colloquium 1987. Hrsg. von Klaus Grubmüller [u. a.]. Paderborn [u. a.] 1988. S. 9–31.

Nachwort

In dem sogenannten *Ambraser Heldenbuch*, das von dem Bozener Zöllner Hans Ried im Auftrag des Kaisers Maximilian I. in den Jahren von 1504 bis 1515 geschrieben wurde, finden sich nicht nur einige der wichtigsten mittelhochdeutschen Heldenlieder wie das *Nibelungenlied*, die *Kudrun*, *Dietrichs Flucht* und die *Rabenschlacht*, sondern auch bedeutsame Texte der höfischen Dichtung des 12. und 13. Jahrhunderts: Hartmanns von Aue *Erec*, *Klage* und *Iwein*, Ulrichs von Lichtenstein *Frauenbuch* (nicht sein *Frauendienst*), des Strickers *Pfaffe Amîs*, Wernhers des Gärtener *Helmbrecht* und Wolframs von Eschenbach *Titurel-Fragmente* u. a. Warum Maximilian gerade Hans Ried, einem Mitglied seiner Kanzlei seit 1496, die Aufgabe zuteilte, die große Fülle dieser literarischen Texte zu sammeln und niederzuschreiben, ist nicht ganz klar zu bestimmen. Wahrscheinlich empfahl sich Ried dem Kaiser durch seine kalligraphischen Fähigkeiten auf dem Gebiet der Urkunden und durch die Tatsache, daß er aus der Bozener Gegend stammte und somit das von Maximilian bevorzugte Kontingent Tiroler Staatsbeamter am Hof erweitern konnte. Außerdem erlaubte ihm seine Funktion als Zöllner in Bozen (seit dem 7. Februar 1500), eine so mühselige Arbeit neben seinem Hauptamt zu erledigen. Trotzdem beanspruchte diese Tätigkeit überaus viel Zeit, so daß er 1508 sein Amt als Zöllner abgab, um sich ganz der Abschrift zu widmen. Ab 1512 trat er wieder in die Kanzlei des Kaisers in Innsbruck ein, doch war seine eigentliche Aufgabe damit immer noch nicht abgeschlossen. Ried muß vor dem 7. Mai 1516 gestorben sein, auf jeden Fall noch vor der endgültigen Fertigstellung der Handschrift. Ob er als Schreiber mit großem Enthusiasmus an dieser Tätigkeit interessiert war, läßt sich nicht mehr eindeutig feststellen. Ein besonderer Experte war er allerdings nicht, wie die vielen Irrtümer, Schreibfehler, Vertauschungen von Versen usw.

verraten (vgl. Leitzmann, 1935; Thornton, 1962, S. 52ff.). Martin Wierschin meint, daß Maximilian wahrscheinlich eine schlechte Wahl getroffen hatte, denn Ried besaß zwar große Fähigkeiten als Kanzleischreiber, doch war er damit noch keineswegs als Kopist von großen literarischen Werken qualifiziert (1976, S. 503: »Ried [war] als Urkundenschreiber auf das Bücherschreiben nicht eingestellt«).

Wir nennen dieses Werk zwar »Heldenbuch«, doch enthalten nur die Seiten 51^r bis 214^v solche »Heldenlieder« im eigentlichen Sinne des Wortes. Die anderen Texte gehören zu diversen anderen literarischen Genres, aber man war im Spätmittelalter längst nicht so sehr um Präzision bei dichterischen Kategorienbegriffen bemüht wie heute. Die in der Ambraser Handschrift gesammelten Texte stammen aus dem 12. und 13. Jahrhundert, was das antiquierende, konservative Interesse des Kaisers andeutet. Indem er dem Landesregiment befahl, Hans Ried alle nötigen Handschriften und andere Unterlagen zukommen zu lassen, die jener für die Herstellung des Heldenbuchs bedurfte, war er indirekt persönlich an der Entwicklung der Handschrift beteiligt (J.-D. Müller, 1982, S. 48). Die Titel einiger Ritter- und Heldenepen streichen die historische Funktion von Königen der Vergangenheit heraus, was Maximilian interessiert haben dürfte. Das Werk sollte offensichtlich dazu beitragen, das Repräsentationsstreben Maximilians zu unterstützen und sein »gedechtnus«-Programm zu stärken. Hier wie bei allen seinen Unternehmungen handelte es sich um Teilaspekte der Glorifizierung seiner Person (*fama*), seiner Familie und seines Herrschertums (vgl. Wierschin, 1976, S. 496).

Ungefähr 300 Jahre lagerte das *Heldenbuch* auf Schloß Ambras bei Innsbruck, von wo es dann Kaiser Franz I. 1806 nach Wien bringen ließ. Dort befindet sich die Handschrift noch heute in der Nationalbibliothek unter der Signatur Vin. Ser. nov. 2663. Die Handschrift ist aus Pergament, hat ein Format von 46 : 33,5 cm und ist dreispaltig mit je 68 nicht abgesetzten Zeilen geschrieben. Die Absätze beginnen auf

neuen Zeilen mit abwechselnd roten und blauen Initialen (vgl. Menhardt, 1961).
Als zweiter Text unmittelbar nach des Strickers *Frauenehre* erscheint *Moriz von Craûn* auf den Blättern 2^{v}a–5^{v}c. Im Inhaltsverzeichnis wird dieses Werk folgendermaßen beschrieben:

> Von Kůnig Nero ainem Wuͤtterich. der auch wie ein fraw Swanger wolt sein. Vnd sein muͤter aufschneiden liess. umb seins fuͣrwitz willen etc. Auch wie er Rom zerstoͤret. wie Karolus nach Erstoͤrung Rom die Lannd betzwungen. Dartzů wie Olifer vnd Růlannd sich Ritterlich gehalten haben. Vnnd wie Mauritius von Krawn liebet die Graͤfin von Beamundt.
> (Zit. nach: Gerlitzki, 1970, S. 9.)

Offensichtlich erblickte der Schreiber in den historischen Gestalten von Kaiser Nero und der Idealfigur des Mittelalters, Kaiser Karl d. Gr., sowie in Roland und Olifer irrtümlich die Protagonisten unserer Novelle. Dies hat der *Moriz* aber insoweit mit vielen anderen Dichtungen des Mittelalters und der Frühneuzeit gemeinsam, als oft der erste im Text auftretende Name zum Titel des Gesamtwerks erhoben wurde (vgl. Wolframs von Eschenbach *Titurel*). Die übrigen in die Handschrift aufgenommenen Texte gehören z. T. zu den beliebtesten Dichtungen des Mittelalters, sei es das *Nibelungenlied* oder die Erzählungen vom *Pfaffen Amîs* des Strikkers. Ganz anders steht es dagegen mit Wolframs *Titurel* auf den Seiten 234^{r}a–235^{r}b in der Ambraser Handschrift; obwohl Wolfram ein gerade zu seiner Zeit so berühmter Dichter war, gibt es nur noch zwei andere Handschriften, die den *Titurel* enthalten.
Große Schwierigkeiten bereitet naturgemäß die Edition eines etwa 300 Jahre nach seiner Entstehung niedergeschriebenen Textes. Ist der Herausgeber in der Lage, das ursprüngliche poetische Kunstwerk von den Veränderungen sprachlicher

Art des 16. Jahrhunderts zu reinigen und in seine Originalform zurückzuverwandeln? Ulrich Pretzel, der Herausgeber des historisch-kritischen Textes, der auch unserer Übersetzung zugrunde liegt, bemühte sich viele Jahre darum, obwohl ihm von verschiedenen Seiten mit geradezu herber Kritik begegnet worden ist (de Boor, 1960). In der Tat ist es keineswegs so eindeutig möglich, und es erscheint durchaus fragwürdig, einzelne Verse als unecht, verderbt oder un-mittelalterlich hinzustellen und aus dem Text auszuscheiden, wie es Pretzel getan hat, indem er sich öfter gegen den Riedschen Text entschied und eher Lücken ließ als »unhistorische« Stellen mit aufzunehmen bereit war. Dennoch muß man ihm in vielen Fällen zustimmen, wo sowohl sprachlich als auch inhaltlich erkennbar ist, daß der Schreiber einen eigenen Kommentar eingeschoben hat oder sich bemühte, den Sachverhalt vorhergehender Verse klarer zu umschreiben, d. h., sich nicht davor scheute, selbständig in den originalen Text einzugreifen. Ob wir auf diesem Wege in die Lage versetzt werden, den »Urtext« zu rekonstruieren, bleibt zwar fraglich, doch würde ich diese Möglichkeit nicht so radikal ausschließen, wie es Franz Bäuml (1961) in theoretischer Hinsicht postulierte und nach ihm Stephanie Cain Van d'Elden praktisch demonstrierte (1990, S. XXXIII).
Pretzel hat seinem Text den originalen synoptisch gegenübergestellt, so daß der Benutzer der Ausgabe leicht morphologischen, lexikographischen, phonologischen und orthographischen Problemen und der Frage der Echtheit einzelner Verse nachgehen kann. In einem Fall zumindest ist eine eindeutige Antwort möglich: Die Verse 491 f. dürften wohl kaum vom Dichter selber stammen. Möglicherweise hat er einen anderen Vergleich monetärer Art gebraucht, aber als Vertreter des westdeutschen Sprachbereichs wäre er wohl kaum darauf verfallen, die Sorgen seines Helden in Form von bayrischen Schillingen aufzuzählen. Die Verse 649 ff. liefern keine wesentliche Information, sie sind überflüssig, und es scheint, als ob Hans Ried hier Platz füllen wollte. Vers 657 beweist,

daß sich der Schreiber nicht recht in der Geographie auskannte, nahm er ja an, daß sich in Holland und nicht in Flandern die berühmte Textilindustrie des Spätmittelalters befand. Der Dichter des *Moriz von Craûn* wird sich solche Irrtümer nicht erlaubt haben. Unklar ist jedoch, warum Pretzel Verse wie 753 f. aus der kritischen Ausgabe strich, denn sie fügen sich gut in den Kommentar des Dichters (Schreibers?) ein. Pretzel befindet in seinem Apparat: »Das Verspaar sieht schon inhaltlich nach einem Zusatz aus, wie eine erklärende Randglosse irgendeines Schreibers. Die verderbte Form deutet auch darauf hin; entscheidend aber für die Unechtheit ist der für einen rheinischen Dichter untragbare Reim« (S. 27). Mir scheinen Pretzels Argumente nicht zwingend. Uneinsichtig bleibt auch Pretzels Entscheidung, in Vers 1578 das Wort »schinpain« durch »kinnebein« zu ersetzen, ist doch damit physiognomisch zutreffend beschrieben worden, wieso der Ehemann der Gräfin auf Grund des großen Schmerzes bewußtlos wird, als er sich beim Aufspringen aus dem Bett heftig anstößt. Pretzels Kritik an Hans Ried als dem Schreiber wirkt also mindestens an dieser Stelle nicht überzeugend (vgl. Hoven, 1979, S. 45). Ruth Harvey entschloß sich sogar auf Grund ihrer Ablehnung der zu radikalen Handschriften-Emendationen Pretzels dazu, für ihre *Moriz*-Studie (1961) dessen Ausgabe nicht zu verwenden, sondern statt dessen diejenige von Edward Schröder von 1929. Neuere Forscher stützen sich wieder auf Pretzels Edition (mittlerweile in vierter, durchgesehener Auflage 1973), doch ist damit die Kritik noch keineswegs verstummt (siehe die englische Übersetzung durch Van d'Elden, 1990).

Jedenfalls ist festzuhalten, daß die Textherstellung sich nur auf eine und überdies so späte Überlieferung beziehen kann. Mag für Maximilian der historische Abriß im Prolog der Grund gewesen sein, den *Moriz* in die Sammlung aufzunehmen, ja ihn an ihren Anfang zu stellen, wichtig ist, daß die Novelle, wenn man diese Erzählung so nennen darf, überhaupt erhalten und der Vergessenheit entrissen wurde. Die quantitativ reiche Überlieferung einer mittelalterlichen Dichtung sagt wenig über ihren literarischen Wert aus. Das gilt auch für Moriz von Craûn. Die Erzählung diskutiert entscheidende Probleme der höfischen Kultur und hat bei den Germanisten, besonders in den letzten Jahrzehnten, viel Interesse gefunden. So divers auch die Meinungen der verschiedenen Forscher bisher gewesen sind, sei es, daß sie den *Moriz* als Parodie der höfischen Gesellschaft interpretierten oder in ihr einen vollkommenen Ausdruck eben derselben erblickten, alle sind sich darin einig, daß er kaum seinesgleichen in der deutschen Dichtung des Mittelalters findet (vgl. Harvey, 1961, S. 2f.). Wenn man bedenkt, wie kontrovers die Diskussion bisher verlaufen ist, gerade in der jüngsten Welle von *Moriz*-Studien (Tomasek, 1986; Ortmann, 1986; Kokott, 1988; Gentry, 1988; Van d'Elden, 1989), und außerdem die Namen einiger Interpreten der letzten 20 Jahre hinzufügt (Harvey, 1961; Kuhn, 1967; Ruh, 1970, Ohly, 1971; Haug, 1985), dann glauben wir auf die poetische Qualität schließen zu dürfen. Wegen seiner schillernden Aussage zur höfischen Liebe (*fin amour* ›Minne‹) wird *Moriz von Craûn* jeder weiteren Mediävisten- bzw. Germanistengeneration neue Aufgaben stellen.

Wieso hat der *Moriz* keine andere Rezeption gefunden als im *Ambraser Heldenbuch*? Die Forscher erleben immer wieder große Überraschungen, wenn sie feststellen, daß es sich bei kaum rezipierten und auch in der Forschung wenig beachteten Dichtungen des Mittelalters um hochinteressante und ästhetisch ansprechende Stücke handelt wie etwa den Mären von Hans Rosenplüt oder Hans Folz; auch die Lieder Oswalds von Wolkenstein wurden erst vor etwa 30 Jahren richtig entdeckt und gelten heute als die besten des deutschen Spätmittelalters. Ähnlich steht es auch mit dem *Moriz*, bei dem wir sagen können, daß er zu den interessantesten narrativen Texten seiner Zeit gehört. Gleichwohl ist damit die fehlende Manuskript-Tradition nicht erklärt. Möglicherweise war er so stark in der mündlichen Überlieferung verwurzelt, daß er erst im 16. Jahrhundert den Weg in die schriftliche Fassung fand. Damit ist natürlich die andere Möglichkeit nicht auszuschließen, daß *Moriz von Craûn* eine breitere schriftliche Überlieferung erlebte, daß aber alle Handschriften, die ihn enthielten, schlicht zerlesen wurden oder anderweitig verlorengingen. Die moderne Faszination an der Novelle und deren vielfältige Diskussionen beruhen jedenfalls auf der besonderen Qualität dieses Textes. Gute Literatur erweist sich als nicht völlig ergründbar, denn wie in einem Prisma ergeben sich bei jeweils neuen interpretativen Perspektiven neue Antworten, neue Möglichkeiten, den Text aufgrund seiner eigentlichen Aussage und seines historisch-kulturellen Materials zu verstehen (siehe die diesbezüglichen Theorien von Roland Barthes).

Wir können heute mit großer Sicherheit annehmen, daß diese anonyme Erzählung aus dem westdeutschen Sprachraum stammt, bedient sich ja der Dichter typischer sprachlicher Formeln und grammatischer Wendungen, dazu expliziter Verweise auf die westdeutsche Topographie, die eine andere Einordnung unwahrscheinlich machen (vgl. Zwierzina, Pretzel, Henschel und Pretzel, de Boor). Dagegen ist es bisher nicht eindeutig gelungen, den *Moriz* genauer zu datieren. Die Ansätze schwanken bisher zwischen 1180/84 (de Boor, 1966; H. Thomas, 1984) und 1230 (Pretzel, 1973; Wehrli, 1980). Ziegeler (1987) warnt jedoch davor, diese Frage zu sehr in den Vordergrund zu rücken, obwohl gerade die jüngere Forschung vermehrt die kulturhistorische Auslegung hiervon abhängig gemacht hat.

Der einzige relativ sichere *terminus post quem* ergibt sich aus einer Bescheidenheitsfloskel des Dichters, der in Vers 1158 ff. behauptet, das Bett der Gräfin nicht so gut beschreiben zu können, wie es Heinrich von Veldeke für das Bett König Davids vollbracht habe. Wahrscheinlich bezieht er sich auf dessen *Eneasroman*, der um 1174/84 verfaßt wurde. Andere Bemerkungen im Text, die den Einfluß von Hartmann von Aue, Wolfram von Eschenbach oder Gottfried von Straßburg spüren lassen, bleiben relativ vage, obwohl hierbei die Forschung, wie ich meine, zu vorsichtig argumentiert hat. Insbesondere Edward Schröder lehnte es ab, Stil, Metaphorik und Bildlichkeit Gottfrieds von Straßburg als für den *Moriz*-Dichter verbindlich anzunehmen. Die genaue Analyse beider Texte und ihrer möglichen Beziehungen bleibt jedenfalls ein Desideratum der Forschung. Außerdem sind parallele Strukturen und Erzählhaltungen wie im *Moriz* auch in den spätmittelalterlichen Mären »Die halbe Birne« und »Die Heidin« zu konstatieren. In der »halben Birne« wird die Minnekasuistik ironisch und geradezu deftig ausgemalt. Entscheidend ist dort vor allem, daß die Minnedame ebenfalls ihr Glück verscherzt, indem sie zu hohe Anforderungen stellt bzw. doppelte Moral anlegt und so den werbenden Ritter vertreibt. In der »Heidin« ist die Spannung zwischen den Geliebten »dramatisch« ausgemalt, wobei der Liebhaber nur durch einen geschickten Trick zum Ziel seiner Wünsche gelangen kann. Der Prolog im *Moriz* besitzt viele Elemente, die auch in Veldekes *Eneide*, Herborts von Fritzlar *Trojanerkrieg*, der *Kaiserchronik* sowie in Jacobs de Voragine *Legenda aurea* auftauchen, er weist aber auch große Verwandtschaft mit Chrestiens de Troyes *Cligès* auf. Helmut de Boor sieht hier außerdem strukturelle Gemeinsamkeit mit dem *Annolied* (1966, S. 147), doch begibt er sich damit bereits zu weit auf das Gebiet der Spekulation, sehen wir von dem im Mittelalter weit verbreiteten pseudo-historischen Bericht über die Abstammung der christlichen Ritterwelt von Troja ab. (Die Kaiserchronik und das Annolied stimmen hier übrigens überein.)

Insgesamt scheint man sich heute trotz aller Unsicherheiten darauf geeinigt zu haben, den *Moriz von Craûn* spät zu datieren, d. h. nach 1210/15, wenn nicht sogar um 1230 (siehe zusammenfassend Ziegeler, 1987, Sp. 693 f.). Denn ob man nun die Liebesbemühungen von Moriz als Parodie auf den Frauendienst bezeichnet oder seine aufwendige Vorbereitung für die Turnierfahrt sowie sein maßloses Verschenken am

Abend nach dem großen Ereignis als Kritik an diesem höfischen Kriegsspiel auffassen möchte, alles deutet auf die spätere Zeit, also auf die Zeit nach den großen Romanen der klassischen Dichter Hartmann von Aue, Gottfried von Straßburg und Wolfram von Eschenbach. Entscheidend dürfte vor allem sein, daß das Werk die Kenntnis der höfischen Minnediskussion voraussetzt (Andreas Capellanus, *De Amore*) und diese in thesenartiger Form neu vorführt (vgl. Borck, 1961/1983; Ortmann, 1986, S. 401). Besonders die Diskussion zwischen der Gräfin und ihrer Zofe (V. 1265 ff.) besitzt eine beträchtliche Ähnlichkeit zu einem der vielen Gespräche zwischen Männern und Frauen aus den verschiedenen sozialen Ständen im Traktat des Andreas (siehe Dialog 2, 3 und 5 des 1. Buches). Die Verurteilung der Minnedame finden wir ebenfalls bei Andreas (siehe den gesamten 5. Dialog des 1. Buches), ferner in Ulrichs von Zazikhoven *Lanzelet* (nach 1210, V. 7817 ff.). Vers 367 könnte eine Anspielung auf die höfischen Epen Hartmanns von Aue enthalten; die großartige Schilderung des Bettes, in dem sich die Vereinigung der Liebenden ereignen soll, ist in enger Anlehnung an Heinrich von Veldeke (*Eneide*), besonders aber an Gottfrieds *Tristan* gestaltet worden. Zugleich gemahnt der *Herzog Ernst* daran, daß man weitere Querverbindungen inhaltlicher und motivischer Art keineswegs ausschließen darf (vgl. die Bettbeschreibung in diesem Spielmannsepos, V. 2578 ff.). Thematische und stilistische Übereinstimmungen mit Hartmanns *Klagebüchlein* gehören schon seit den Tagen Fedor Bechs (1897) zu den Erkenntnissen der *Moriz*-Forschung, selbst wenn Edward Schröder dies heftig bestritt und andere Germanisten dies ebenso als unglaubwürdig beiseite schieben wollten. Ob unser Dichter Wolfram kannte, läßt sich nicht konkret bestimmen, denn wir haben keine deutlichen Anspielungen auf *Parzival*, *Willehalm* oder die *Titurel*-Fragmente (eine Beeinflussung durch den *Willehalm* ist allerdings ernsthaft erwogen worden; siehe die Diskussion zu dieser These bei H. Thomas, 1984, S. 327).

Die Identität des Dichters ist bisher nicht gelüftet worden. Wir können nur mit Sicherheit annehmen, daß er im westdeutschen Sprachraum lebte, sei es nun an der fränkisch-alemannischen Grenze (E. Schröder, 1913, S. 5), oder sei es in der Rheinpfalz (de Boor, 1966, S. 145). Eine detaillierte Diskussion zum Dialekt des Dichters findet sich bei Ruth Harvey (1961, S. 297 ff.). Weiterhin gilt als ziemlich gesichert, daß dem Dichter eine französische Quelle vorlag, die wahrscheinlich auch die Vorlage für das Fablel »Du chevalier qui recovra l'amor de sa dame« (um 1170/80) abgab (de Montaiglon / Raynaud, 1872–90, Bd. 6, S. 138–146).
Der Stoff hatte offensichtlich eine historische Grundlage. Maurice II., Herzog von Craon, wurde um 1131/32 geboren und gehörte später zu den führenden Gefolgsleuten des englischen Königs Heinrich II., als die meisten anderen französischen Adligen sich aus ihrer Vasallität lösten. Maurice, oder Maurisses, schlug 1173/74 einen Aufstand gegen Heinrich II. in Maine und Anjou nieder und steigerte dadurch sein Ansehen am englischen Königshof so erheblich, daß ihm die beiden Grafschaften anvertraut wurden. Der Sohn Heinrichs II., Richard Löwenherz, erkannte seine Treue an und ließ Maurice zusammen mit Guillaume le Maréchal, Earl von Pembroke, als die einzigen, die seinem Vater loyal beigestanden hatten, an dessen Totenbett (gest. 6. Juni 1189) rufen. Maurice begleitete im Jahre 1191 Richard Löwenherz auf seinen Kreuzzug nach Palästina, wir wissen aber nicht, ob auch er bei deren Rückkehr durch Österreich in Gefangenschaft geriet. Maurice starb am 12. Juli 1196. Die Einzelheiten seines Lebens interessieren uns hier nicht und können bei E. Schröder (1913, S. 20 ff.) oder R. Harvey (1961, S. 49 ff.) nachgelesen werden. Entscheidend ist vielmehr, daß Graf Richard von Beaumont, ein unmittelbarer Nachbar von Maurice II., oft zusammen mit ihm in den zeitgenössischen Quellen genannt wird. Der Herr von Craon besaß beträchtliches Ansehen als Troubadour und soll mit Bertran de Born in Beziehung gestanden haben (vgl. Ruh, 1970/83; Tomasek, 1986). Ob

tatsächlich eine Liebesbeziehung zwischen ihm und Isabella, der Frau Richards von Beaumont, bestand, weiß man nicht. Vielleicht wollte der ursprüngliche französische Dichter eine politisch-erotische Skandalgeschichte schreiben. Dem stünde allerdings entgegen, daß Isabella ihren Ehemann überlebte und erst 1220 starb. Das Problem besteht darin, daß der *Moriz* einerseits zu eng an historische Ereignisse angebunden scheint (hier die Familie Beaumont; vgl. Kokott, 1988, S. 370), während doch die behandelte Thematik, d. h. vor allem die dialektische Spannung zwischen verschiedenen Minnevorstellungen zeitlos ist, das Werk also primär literarisch-ethische Ideale verfolgt.

Im Fablel »Du chevalier qui recovra l'amour de sa dame« (»Von dem Ritter, der die Liebe seiner Dame wiedergewann«) muß der Geliebte ebenfalls auf einem Turnier seine männlichen Tugenden beweisen, bevor seine Dame ihn erhören will. Er kämpft gegen den Hausherrn und kann sich als der Tüchtigere bewähren. Ein anderer Ritter wird auch im Fablel getötet, doch hören wir nichts von Trauer und Klagen darüber. Der Liebhaber kommt auf Bestellung seiner Dame abends zum verabredeten Ort, schläft aus Erschöpfung ein, wird so von ihr überrascht und verstoßen. Der Ritter gibt sich selbst die Schuld, versucht jedoch sein Glück ein zweites Mal und dringt in das eheliche Schlafzimmer ein, wo ihn der Ehemann mutig anspricht. Der Gast gibt vor, der Geist des Getöteten zu sein, der keine Ruhe finden könne, bis er von der Gräfin Verzeihung für eine ihr von ihm zugefügte Kränkung erlange. Nachdem diese gewährt worden ist, zieht sich der Ritter zurück und hat sich so die Gunst seiner Dame wieder gesichert. Obwohl man oft eine enge Beziehung zwischen dem literarischen Text und den historischen Begebenheiten erblicken wollte, ist dies doch problematisch und unsicher geblieben. Das gleiche gilt natürlich für *Moriz von Craûn*.

Damit kommen wir zur Frage der Deutung. Ein detaillierter Überblick über die vor allem in den letzten Jahren so gewaltig angewachsene Forschungsliteratur ist hier nicht möglich. Laut Tomasek (1986) handelt es sich bei *Moriz* um ein Exempel literarischer Minnekasuistik; laut Ortmann (1986) ist die Novelle als »Gattungsexperiment« zu lesen. Kokott (1988) möchte sie dagegen als literarische Warnung vor der Minne verstanden wissen. Steinmann (1982) und J. W. Thomas (1983) erblicken darin nur eine Parodie der höfischen Kultur, während Van d'Elden (1989) von »Lessons on Chivalry« spricht. Die Schwierigkeiten ergeben sich besonders dadurch, daß die Novelle zwar an der Oberfläche einsträngig und konsequent strukturiert zu sein scheint, bei genauerer Betrachtung aber narrative Elemente aufweist, die sich fast nie harmonisch miteinander verbinden lassen. Der Text ist und bleibt eine Herausforderung, ein Geheimnis literarischer Art, das eine endgültige Antwort gar nicht bereitzuhalten scheint, letztlich also nicht so eindeutig verstanden werden will, es sei denn, wir betrachten *Moriz* aus anderen Perspektiven, die es aber noch zu entwickeln gilt.

Einige der Fragen, die sich fast notgedrungen bei einer Interpretation stellen, lauten: Ist Moriz wirklich solch ein idealer Held, wie uns sein Auftreten bei dem Turnier denken läßt? Sicherlich, seine Leistungen beeindrucken ungemein, bleibt er ja der unbestrittene Sieger und überwindet alle Gegner ohne jegliche Mühen. Wieso bedarf er dann aber dieses ungeheuren Aufwands, um die Liebe seiner Dame zu gewinnen? Wieso wagt er es, sich in seinem äußerlich schlechten Zustand nach dem Turnier – der Dichter vergleicht ihn sogar mit einem Löwen, der gerade sein Fressen beendet hat (V. 1537) – der Geliebten zu nähern? Wieso beklagt sich diese nicht darüber, daß er nicht die geringsten Anstrengungen unternommen hat, sich vorher zu reinigen und neu zu bekleiden? Nein, sie ärgert sich allein darüber, daß er eingeschlafen ist, bevor sie eintreffen konnte. Jedenfalls tritt damit der typische Fall ein, der minnekasuistisch durchdiskutiert und einem höfischen Publikum vorgeführt werden kann. Offensichtlich steht *Moriz von Craûn* in der Tradition, wie sie sich neben

und durch Andreas Capellanus entwickelt hat (Gerlitzki, 1970, S. 63 ff.; Borck, 1961/83, S. 118 ff.).
Das Verhalten der Gräfin erscheint bedenklich. Zunächst zögert sie offensichtlich die Belohnung für Moriz' Minnedienst zu lange hinaus, so daß sie ihn beinah als ihren Verehrer verliert. Allerdings besteht das ganze Spiel der höfischen Liebe gerade darin, daß die Liebeserfüllung hinausgeschoben, wenn nicht sogar gänzlich unmöglich gemacht bzw. verweigert wird (vgl. Ulrich von Liechtenstein, *Frauendienst*), womit dann der grundlegende Erziehungsprozeß für den Ritter durch die ihm ständisch überlegene Frau gewährleistet gewesen ist (kulturkonstitutive Funktion des Triebverzichts?). Am Ende verspricht die Gräfin Moriz trotz allem, sich ihm hinzugeben, wenn er noch ein Turnier für sie organisiert und dabei als Held glänzt. Wieso wagt sie es, nur weil er den unbedeutenden Fehler begeht, während des Wartens auf sie einzuschlafen, ihr Gelöbnis zurückzunehmen? Moriz ist sich zwar eines Vergehens bewußt (V. 1400 ff.), doch beklagt er sich wohl mit Recht, von ihr dafür zu hart bestraft zu werden (V. 1427 ff.). Sie selber bekennt, zuerst in einem introspektiven Monolog, dann der Zofe gegenüber, daß sie das Spiel zu weit getrieben habe (V. 1714 ff. und 1743 ff.). Ihr ehemaliger Geliebter genießt nach seiner Abreise/Flucht landesweit höchste Anerkennung als Ritter und hätte dadurch auch ihre Ehre steigern können, hätte sie ihn als Minnediener akzeptiert und belohnt. Sie fühlt sich nun gewissermaßen gefangen und dem zwecklosen, ja freudlosen Altern ausgesetzt: *mîn herze kumber lîdet / unt nôt unz an mîn ende* (V. 1768 f.).
Andererseits erweisen sich die Handlungen, die Moriz begeht, als er in das Schlafzimmer eindringt und sich gewaltsam seine Belohnung holt, als unerhört und konträr zur höfischen Ethik. Auch wenn man seine Tat nicht als Vergewaltigung bezeichnen kann, so grenzt sie doch nahe daran: Nachdem er den Ehemann ausgeschaltet hat, legt er sich zu der Gräfin. Merkwürdig ist, daß sie ihn erst nach einer Weile mit

liebevoller Umarmung erwärmen kann (V. 1613f.; vgl. Hoven, 1978, S. 343ff.).

Der Dichter scheint immer wieder eine gewisse Mehrdeutigkeit beabsichtigt zu haben. Die Gräfin ist willig und widerstrebt zugleich. Sie bewundert Moriz' Mut, empört sich aber über die Ungeheuerlichkeit seiner Tat. Dies bestimmt ihren Charakter von Anfang an: Sie fordert ihn unter härtesten Bedingungen zum Minnedienst auf, läßt ihn dann aber als Geliebten fallen, sobald sie ihn eines kleinen, in Anbetracht der Umstände unbedeutenden Fehlers für schuldig befindet. Moriz beugt sich andererseits den Bedingungen, die sie ihm stellt, doch scheint es ihm sowohl an Ausdauer, Beständigkeit (*staete*) als auch an Takt und Einfühlungsvermögen zu fehlen. Zwar erscheint der Graf von Beaumunt ungeschickt und hilflos und spielt die Rolle des Herrschers und Ritters nicht eben gut, doch wirkt seine Reue aufrichtig, und man fühlt sich als Leser betroffen, weil das Turnier nach der Erschlagung des Ritters ohne weiteres fortgesetzt wird (so auch schon im Fablel). Der Zweck heiligt also die Mittel. Mit anderen Worten, weder Moriz noch die Gräfin, ganz zu schweigen von ihrem Ehemann, repräsentieren ideale Gestalten des höfischen Minnedienstes und weisen statt dessen Fehler in ihren Charakteren auf. Sie überspannen alle den Bogen, indem sie zu hohe Forderungen an den Partner stellen bzw. zu unbeherrscht auf die Fehler der anderen reagieren (vgl. Kokott, 1988, S. 383).

Nach meiner Ansicht können wir *Moriz von Craûn* als einen Testfall betrachten, wie sich ideale Liebe bewähren soll. Keiner der zwei Protagonisten scheint den Anforderungen zu genügen, sie demonstrieren vielmehr *ex negativo*, wie die Spielregeln des Liebesspiels konkret gestaltet sind und nach welchen Kriterien sich sowohl der Ritter als auch die umworbene Dame richten müssen. Während in der berühmten ›Mabonagrin‹-Szene in Hartmanns von Aue *Erec* die *joie de la curt* immerhin noch mit der Hilfe des Außenseiters (Erec) neu gewonnen werden kann, versagen im *Moriz* beide Liebende.

Suchen und bekommen sie ja auch keinerlei Rat von Freunden oder achten nicht darauf, was keineswegs den Normen der Zeit entsprach, zumindest wie wir sie aus den literarischen Quellen kennen. Wohl muß aufgrund der traditionellen Minnelehre der liebende Mann außergewöhnliche Ausdauer beweisen, doch gibt in *Moriz von Craûn* die Gräfin selbst zu, als sie auf der Zinne ihr einsames Schicksal beklagt, daß sie ihre Anforderungen an Moriz zu hoch geschraubt hatte und deswegen die Schuld dafür trage, für immer auf ihn verzichten zu müssen.

Andererseits verschwendet Moriz seinen Besitz fast maßlos, um einen guten Eindruck zu machen. Die Folgen grenzen ans Groteske, schlagen sich doch Diener und Spielleute im Kampf um die Geschenke gegenseitig die Köpfe ein. Die Erwartung, daß seine Minnedame ihm sofort ihre Gunst erweisen werde, ist unrealistisch und nimmt vor allem keine Rücksicht auf das Wohl der Geliebten. Diese muß, wie die Zofe unmißverständlich erklärt, warten, bis ihr Mann eingeschlafen ist und sie unbemerkt aus dem Bett schlüpfen kann; den Ruf oder gar das Leben seiner Dame durfte der liebende Ritter keinesfalls gefährden. Schließlich grenzt sein überaus kühnes, ja gewalttätiges Verhalten im ehelichen Schlafzimmer schon an Anmaßung und Arroganz desjenigen, der glaubt, sich seine Wünsche ungehemmt erfüllen und sich alles erlauben zu dürfen. Bis zu einem gewissen Grad mag ihn entschuldigen, daß die Gräfin sowieso bereit gewesen war, den Liebeslohn zu gewähren, den sie ja nur, weil sie ihn schlafend gefunden hatte, verweigerte, und das wiederum darf ihm auch nicht ganz als Schuld angerechnet werden, denn schließlich hatte ihn die Zofe dazu animiert.

Das Besondere dieser Novelle besteht darin, daß man Moriz und ebenso die Gräfin hinsichtlich ihrer Handlungen sowohl anklagen als auch verteidigen kann. Die Tradition der Minnediskurse, wie sie von Andreas Capellanus in *De Amore* entwickelt worden war, findet hier ihre Fortsetzung. Ich glaube, daß der Dichter seinen Text als Grundlage für eine Art *que-*

relle littéraire am Hof gedacht hatte, wo nach der Lektüre des *Moriz von Craûn* Männer und Frauen über die Schuldfrage der literarischen Helden diskutieren konnten. Gerade weil keine eindeutige Aussage zu konstatieren ist, bietet die Novelle vielfache Identifikationsmöglichkeiten und war demnach prinzipiell kontrovers und ambivalent angelegt (Schnell, 1990, S. 291 f.).

Entsprechend sind die einzelnen Abschnitte des Prologs zu verstehen. Einerseits wird eine historische Folie für die Liebeshandlung entworfen, andererseits die Problematik der Minne von verschiedenen Seiten beleuchtet. Es ist möglich, wie Gerlitzki (1970) demonstriert hat, die einzelnen Teile des Prologs und des eigentlichen Textes als logisch aufeinander bezogene Elemente aufzufassen. Inwieweit die heroische Welt Karls d. Gr., der trojanischen Griechen und der Römer unter Julius Cäsar als Vorbild aufzufassen ist, an der die scheinbar postulierte Idealität von Moriz und seiner Geliebten zu messen wäre, bleibe dahingestellt. Die Dialektik von Idealzustand und Verfall des Rittertums in Antike und Frühmittelalter dürfte als Reflex oder Vorausdeutung der problematischen Minnesituation von Moriz und der Gräfin von Beâmunt gedacht gewesen sein, denn beide erleben sowohl Freuden als Leiden der Liebe und begehen dementsprechend Fehler bzw. laden Schuld auf sich. Die daraus resultierenden Probleme werden nicht mehr gelöst, was aber das Publikum, die Rezipienten, dazu auffordert, sich selbst zu fragen, was die richtige Entscheidung gewesen wäre. So mag der *Moriz* als didaktisches Lehrstück konzipiert gewesen sein.

Vom Thema her widerspricht *Moriz von Craûn* in vieler Hinsicht den Erwartungen des höfischen Publikums. Die Novelle läßt sich nicht ohne weiteres mit den Epen eines Hartmann von Aue oder Wolfram von Eschenbach vergleichen. Das grundlegende minnekasuistische Problem – Lohn für geleisteten Minnedienst – wurde im Minnesang im Zusammenhang mit der Frage nach der rechten Liebe und der Beziehung zwischen den Liebenden diskutiert. Dennoch verbindet die Handlung *Moriz* auch mit anderen Verserzählungen des 13., 14. und 15. Jahrhunderts, wie man sie z. B. im Codex Karlsruhe 408 (*Der münch mit dem genßlein*, Kully / Rupp, 1972) vereinigt finden kann. Es scheint zwar müßig, angesichts der breitgefächerten terminologischen Diskussion der letzten 20 bis 50 Jahre einen neuen Definitionsversuch zu entwickeln (vgl. Van d'Elden, 1990, S. XIV f.), doch befinden wir uns auf relativ sicherem Boden, wenn wir unsere »Novelle« dem Bereich der narrativen Minnekasuistik zurechnen, obwohl sie einige Elemente aus der Minnelyrik übernommen hat (siehe die Überlegungen von Rupp, 1972, S. 6 f.; Wehrli, 1984, S. 101 ff.).

Die Übersetzung soll den Leser in die Lage versetzen, ohne allzu große Schwierigkeiten dem mittelhochdeutschen Text folgen zu können. Nicht selten wird der Sinn einer Stelle, eines Satzes kontrovers beurteilt. In diesen Fällen habe ich Entscheidungen treffen müssen, die zum Teil in den Anmerkungen begründet werden. Der Dichter verwendete den paarreimenden Vierheber der höfischen Epik. Ihn in Versgestalt nachzubilden, wie es vielleicht Wolfgang Mohr bei seiner *Parzival*-Übersetzung gelungen ist, konnte nicht meine Absicht sein. Vielmehr ging es mir darum, schlicht philologisch so genau wie möglich wiederzugeben, was im Original zu lesen ist. Verse, die Ulrich Pretzel als Flickverse oder Schreiberkommentare charakterisierte und daher im kritischen Text unterschlug, ergänzt die Übersetzung, auch wenn Hans Ried ihr Autor gewesen sein könnte. Die Anmerkungen enthalten die Auseinandersetzung mit philologischen, historischen und literarischen Fragen. Die Forschung zum *Moriz* ist dort ebenfalls so weit wie möglich berücksichtigt worden. Dieser Apparat soll aber nicht harmonisieren, sondern den Leser auf die Probleme aufmerksam machen und zu den verschiedenen Interpretationsmöglichkeiten hinführen. Vor allem schien es dort nötig, wo das Verständnis berührt ist, die Fassung der Handschrift und Pretzels Umformung einander eng gegenüberzustellen.

Ich hoffe, mit meiner Übersetzung einem größeren Publikum einen nicht nur literarisch reizvollen, sondern auch in vieler Hinsicht für das Studium interessanten Text zu erschließen. Gerade weil dieser mittelhochdeutsche Text so unterschiedlich interpretiert worden ist – Kurt Ruh spricht zu Recht von einer »höfischen Thesenerzählung aus Frankreich« (1970/83, S. 163) –, bietet sich *Moriz* in idealer Weise an, um entscheidende Probleme, Fragen, Streitpunkte, Theorien, Programme und Ideologien des Mittelalters hinsichtlich der Minnethematik darzulegen und zu diskutieren. Ich habe bei meiner Arbeit außerordentlich viel Hilfe von Ernst von Reusner erhalten und bin ihm dafür zu tiefem Dank verpflichtet. Außerdem erhielt ich eine große Anzahl guter Ratschläge und Hinweise von meinem Freund Francis Brévart, University of Pennsylvania.